大富豪同心

関東に化け物現る

幡大介

目次

第一章　名声の浮橋《うきはし》　7
第二章　利根川《とねがわ》決壊　化け物現る　108

関東に化け物現る　大富豪同心

第一章　名声の浮橋

一

江戸日本橋《にほんばし》の二丁町《にちようまち》には、江戸歌舞伎三座《さんざ》のうちの二つ、市村座《いちむらざ》と中村座《なかむらざ》があった。

市村座はただ今、秋の大興行の真っ最中だ。上方《かみがた》歌舞伎の人気役者が江戸に呼ばれて舞台に上がっている。

江戸歌舞伎に見慣れた客たちも上方歌舞伎には興味津々《しんしん》。大勢の客たちが不景気にも拘《かか》わらず押しかけている。升席《ますせき》は満員。立ち見客まで出た。歌舞伎小屋も大入りに応える。舞台の奥に〝吉野《よしの》〟や〝羅漢台《らかんだい》〟と呼ばれる臨時席を設けて、可能な限りの客を収容した。

舞台では、いままさに、上方歌舞伎の宝三郎《ほうざぶろう》が得意の見得《みえ》を切っていた。当代一の和事《わごと》（恋愛芝居）の達人と評価も高い。

江戸の芝居見物はガラが悪くて、ヤジや半畳《はんじょう》は日常茶飯事だ。ところが宝三郎の美しい姿には江戸っ子たちも圧倒されている。満員の客が息をのんで芝居を見守った。

桟敷席《さじきせき》には卯之吉《うのきち》の姿もあった。若旦那の装束《しょうぞく》だ。

「さすがに評判のお役者だねぇ」

うっとりと見入っている。

お供の銀八《ぎんぱち》は気が気ではない。

「若旦那ぁ、ご老中《ろうじゅう》様のご接待もしないといけねぇでげすよ……」

同じ桟敷には甘利《あまり》備前守《びぜんのかみ》の姿もあるのだ。着流しの楽な格好だ。

老中を接待するために芝居の席を用意したのに、卯之吉は芝居に夢中になっている。とんでもなく無礼だ。

その甘利は目を細めつつ酒杯を口に運んでいる。

「まぁよい。芝居の最中《さなか》にあれこれと世話を焼かれたのでは、こちらも興を削《そ》がれてしまうからな」

卯之吉は子供のように目を輝かせている。

甘利はますます愉快そうだ。

「初めて会った時には、なんと不躾《ぶしつけ》で無道な男か、とも思ったが、知れば知るほど味がある。なんとも憎めぬ。この自由奔放《ほんぽう》、羨《うらや》ましくもあるぞ」

「畏《おそ》れ入《い》りますでげす」

宝三郎が花道を下がっていく。満座の大喝采、大歓声だ。

しばらくすると宝三郎が桟敷席までやってきた。挨拶に来たのだ。

卯之吉に向かって低頭する。

「こたびの芝居、三国屋《みくにや》の若旦那様が金主《きんしゅ》（出資する人）になってくれはったと伺いました。あつくお礼を申しあげます」

卯之吉は笑顔で返す。

「本当に素晴らしいお芝居だったよ。太夫《たゆう》を江戸に呼んでよかったよ。今の心地《ここち》をなんと言ったらいいのかねぇ。まるで心が透き通っていくかのようさ」

「過分《かぶん》なお褒めを頂戴しました」

宝三郎は甘利の顔も窺《うかが》う。

「こちらのお殿様は……？」

どなたなのかと問う。あくまでもお忍びなので老中の来駕《らいが》は告げていない。しかし卯之吉は何も考えずに答えた。

「ご老中の甘利様だよ」

宝三郎は「ひいっ」と喉を鳴らした。上方歌舞伎の第一人者でその地位に相応《ふさわ》しい気品と気位《きぐらい》を持ち合わせた男だが、さすがに顔色を青くさせた。

「と、とんだ……お見逸《みそ》れをいたしまして……お詫《わ》びのしようも……」

甘利は江戸育ちだけあって、じつに気さくな男である。

「気にいたすな。気に病めば次の出場に障りが出ようぞ。まぁ、一杯やっていくがよい」

笑顔で杯《さかずき》を勧めた。

芝居小屋の桟敷席は〝西の桟敷〟と〝東の桟敷〟とがあって、土間の升席を挟んで向かい合うように設置されている。

卯之吉たちの向かい側には大奥を仕切る年寄（俗に言う大奥総取締《おおおくそうとりしまり》）、秋月《あきづき》ノ局《つぼね》の姿があった。宝三郎の評判を聞いて居ても立ってもいられず、口実を設けて観劇に来たのだ。

夢中になって観劇している秋月ノ局の傍には尾張徳川家《おわりとくがわけ》の附家老《つけがろう》、坂井主計頭《さかいかずえのかみ》正重《まさしげ》の姿もあった。大奥を味方につけるため、あれやこれやと手を回して画策している。この観劇も大奥に取り入るためのものだった。

坂井は芝居を見ていない。向かいの桟敷にいる甘利と卯之吉を睨《にら》みつけていた。

「三国屋め……。やはり甘利とつながっておったか……」

舞台では三枚目の狂言《きょうげん》役者が滑稽な芝居で笑いを誘っている。観客は笑いの渦で、秋月ノ局も笑っている。しかし坂井一人だけが面相を険しくさせていた。

＊

舞台裏では役者と裏方が忙しく行き交っている。舞台からは謡《うた》いの声とツケ打ちの音が聞こえていた。

由利之丞《ゆりのじょう》は楽屋に入った。

「親方、お呼びですか」

楽屋には役者の長二郎《ちょうじろう》が座っていた。鏡の前で顔に白粉《おしろい》を塗っている。

「由利之丞、そこにお座り」

由利之丞は言われた通りに正座した。

長二郎は化粧の手を止めると、由利之丞に身体の正面を向けて座り直した。

「お前、今日もまた舞台でしくじったね」

由利之丞は肩をすくめてうなだれた。

「面目《めんぼく》ございません」

長二郎は莨盆《たばこぼん》を引き寄せると煙管《キセル》を取り出して一服つけた。莨でも吸って気を静めないと怒りが抑えられない、という様子だ。

「宝三郎さんから苦情が入ってる。お前と一緒の舞台に上がると、どうにも調子が合わない、ってぇことだ。芝居も謡いも踊りもてんで板についていねぇとお怒りだぞ。宝三郎さんだけじゃねぇや。囃《はや》し方も拍子が揃《そろ》わねぇって言ってる」

つまるところ由利之丞のせいで皆の調子がおかしくなる、という苦情だ。

「座元《ざもと》様もお怒りだぞ。宝三郎さんは上方歌舞伎の人気役者。座元様が大坂《おおさか》まで出向いて頭を下げて、江戸の舞台にあがることを承知してもらったんだ。宝三郎さんには、気持ちよく江戸の舞台を務めてもらわにゃならねぇ」

長二郎は煙管の雁首《がんくび》を灰吹《はいふき》(灰皿)にカンッと打ちつけた。真っ白になった灰が落ちた。

「お前《め》ぇにゃあ舞台を降りてもらう。親代わりのオイラが承知したんだ。お前ぇにも承知してもらわにゃならねぇ」

由利之丞は拳で衣装を握り締めた。言い返したいのだが、なんの言葉も出てこない。俯《うつむ》いて肩を震わせるばかりだ。

「今度の舞台、お前ぇが務めるには、まだ早すぎたんだ。いきなりの大舞台で舞い上がってたんじゃねぇのか。親代わりのオイラの目で見ても、足腰がフワフワと浮ついていたぜ」

長二郎は莨を詰め直して、もう一回、紫煙を吹かした。

「お前、悪い欲が出てきやがったな」

「悪い欲？」

「もっともっと評判を取りてぇ、名を揚げてぇってな。評判に飢えてるんじゃねぇのかい」

由利之丞は胸の奥を衝《つ》かれたような顔をした。

「フン。図星のようだな」

長二郎は苦々《にがにが》しげに煙草を吹かし続ける。

「お前ぇも近頃は芸も身についてきて、大向《おおむ》こうの歓声も、ちっとばかりは聞こえるようになってきた。するってぇと欲が出る。もっともっと目立ちてぇ、お客を感心させてぇってな、手前勝手に張り切りだすんだ。そうして場違いな芝居をやらかして、舞台をぜんぶ駄目にしちまうんだぜ」

長二郎は煙管を灰吹に置くと鏡に向かって座り直した。由利之丞に背を向けて告げる。

「これもいい機会だと考えろ。良い芝居、良い役者ってのがなんなのか、頭を冷やして考えることだよ」

反論も不承知も許されない。引き下がるより他になかった。

芝居興行は夕刻まで続く。しかし由利之丞にはもう二度と出場《でば》はない。衣装を入れた風呂敷包みを抱えて楽屋口を出た。魂の抜けたような顔つきでフラフラと歩いた。芝居小屋からツケ打ちの音が聞こえる。宝三郎が見得を切ったのだろう。満座の客の沸く声が聞こえた。

由利之丞は自分の長屋にたどり着いた。後ろ手に戸を閉めると床に倒れ込む。布団を引っ張りだして頭からかぶった。声を殺して咽《むせ》び泣いた。

＊

世直し衆が夜道を駆ける。全員が黒頭巾《くろずきん》、黒覆面《くろふくめん》に黒装束。まるで漆黒の旋風《つむじかぜ》だ。

大越貞助《おおごしさだすけ》と明石平太郎《あかしへいたろう》の二人を失ったが、世に悪党の種は尽きない。悪事の仲間は増え続けている。

先頭を走るのは〝軽業師《かるわざし》くずれの燕二郎《えんじろう》〟。いかにも身の軽い小男だ。路地に積まれた天水桶を見つけると、足場にして素早く商家の屋根に飛び移った。

商人地には店が軒を連ねている。燕二郎は足音も立てずに軒を走る。路上を走る仲間たちとほとんど同じ速さだ。

世直し衆は、今夜の獲物と狙いを定めた商家の前に到着した。

濱島与右衛門《はましまよえもん》が燕二郎を見上げて大きく頷《うなず》く。燕二郎も頷き返した。

煙り抜き窓の蓋《ふた》を上げる。ほんのわずかな隙間は、とうてい人が通れるとは思えなかったが、燕二郎はスルリと潜り込んだ。

音もなく台所に降り立つ。台所には下女たちが寝ていた。騒がれては困る。燕二郎は下女たちが熟睡していることを確かめた。

「かわいい顔で寝ていやがる」

ひとりの下女は、まだ、十四、五歳の風貌だった。燕二郎の顔も思わず綻《ほころ》ぶ。

だが、下女の枕元に一枚の浮世絵を見つけて表情をこわばらせた。

歌舞伎の舞台を描いた絵だ。下女の憧れの役者が描かれているのか。

燕二郎は絵を摑《つか》み取るとグシャグシャに丸めた。


表戸の前では世直し衆がジリジリしながら待っている。ようやくに戸が内側から開けられた。燕二郎が顔を出す。

濱島が質《ただ》した。

「遅いではないか。何事かあったのか」

「なにもねぇよ。さぁ、入った入った」

世直し衆は店に入る。その物音に気づいて、寝ていた手代《てだい》や丁稚小僧《でっちこぞう》、下女たちが目を覚ました。大越と明石の代わりに加入した浪人たちが刀を抜いて突きつける。

「騒ぐなっ。騒げば殺すぞッ」

脅して怯《おび》えさせてから、手早く縄で縛りつけた。猿ぐつわも嚙ませていく。

濱島は奥座敷に向かう。燕二郎もついていく。

奥座敷では店の主人が震え上がっていた。濱島が抜き身の刀を突きつけると店の主人は呆気《あっけ》なく鍵を差し出した。

「か、金蔵《かねぐら》の鍵はここに……どうか、命ばかりはお助けを……」

濱島は鍵を受け取ると燕二郎に渡した。

「開けて参れ」

「へいっ」

燕二郎は受け取って裏庭へと走る。蔵の場所は事前に調べてあった。

濱島は店の主人の前にかがみ込んだ。鋭い目で睨みつける。

「お前に問いたいことがある。大川《おおかわ》に新しい橋を架ける――という話が町奉行所より出たと思うが、お前は、この町の町役人《ちょうやくにん》として反対をしたそうだな」

町役人とは町人の自治会長のような立場だ。住民が多くて、しかも繁盛《はんじょう》している町の町役人であれば、その意見は町奉行所でも尊重される。

「は……反対をいたしました」

「何故《なにゆえ》か」

「対岸は僻地《へきち》でございます……。住んでいるのは貧しい者たちばかり。そんな所へ大金を費《つい》やして橋を架けても、橋のこちら側で暮らす我々には、得することはございませぬ。橋の維持と管理に金がかかるばかりにございます……」

「なるほど、そういう了見か。得心《とくしん》がいった」

濱島は刀を降り下ろした。ただし峰打ちだ。主人は「ぎゃあっ」と悲鳴をあげて失神した。

「弱き者を蔑《ないがし》ろにする悪徳商人め。お前が貯め込んだ金は世直しに使わせてもらう」

店の主人が上げた悲鳴は金蔵の前まで聞こえた。

「へへっ、やっていなさる。こっちも精を出さなくちゃな」

燕二郎は金蔵から銭箱《ぜにばこ》を運び出そうとしている真っ最中だ。仲間の悪党が次々と担《かつ》いで出てくる。

濱島がやってきた。

「それで全部か」

燕二郎が「へい」と答える。濱島は頷いた。

世直し衆は金箱を担いで表道へと走り出た。

一団となって夜道を走っていると、甲高《かんだか》い呼子笛《よびこぶえ》の音が聞こえた。

「しまった。見つかったらしい」

濱島が俄《にわ》かに動揺する。しかし燕二郎は笑みを浮かべて応えた。

「オイラに任せとけ。捕《と》り方《かた》の目を引き付けてやる。その間に逃げてくれ」

「わかった。無理はいたすな」

「無理なんかしねぇよ。オイラを捕まえるほうが〝無理〟ってもんだ」

燕二郎は得意げに笑うと肩に銭箱を担いだまま、近くにあった火の見櫓《やぐら》へ上《のぼ》った。梯子《はしご》を使っていちばん上まで行く。火事のときに打ち鳴らされる半鐘《はんしょう》と、鳴らすための撞木《しゅもく》がぶら下がっていた。

「やぁ、いい眺めだなぁ。北の明るいのは吉原《よしわら》だ。南の明るいのは深川《ふかがわ》だな。なるほど、ずいぶんと賑《にぎ》やかだぜ」

ともに不夜城と呼ばれた町だ。その輝きは地上の星。夜空を照らし上げている。

さらに目を転じれば白亜の大城砦《だいじょうさい》が見える。江戸城だ。篝火《かがりび》が白塗りの城壁を照らしていた。

「さすがは上様のお城だぜ。たいしたもんだ」

などと感心しているうちに、夜道を押し寄せる提灯《ちょうちん》の群れが見えてきた。

「南の御用《ごよう》提灯だな。ずいぶんな大人数だぜ」

燕二郎はせせら笑った。世直し衆の暗躍が幕府の心胆《しんたん》を寒からしめていることは知っている。南北の町奉行二人の責任を問う声も上がっている、などとも聞こえてきた。

どうしてそんなことを庶民が知っているのか、といえば、江戸城内で働く御城《おしろ》坊主《ぼうず》（茶坊主ともいう）たちが、小遣い銭稼ぎのために瓦版屋に情報を漏らすからだ。

とにもかくにも御用提灯の群れが駆けつけてくる。町の角で二手に分かれ、世直し衆を取り囲み、逃げ場を塞ごうとしていた。

燕二郎は「へんっ」と鼻を鳴らした。

「そうはさせるかい！」

不敵な笑みを浮かべると撞木を握り、半鐘を打ち鳴らした。

「おーい、こっちだ！　世直し様がこっちにいるぞー！」

声を限りに叫び散らす。捕り方の提灯の群れに変化があった。こちらに向かってやってくる。

「ようし、いいぜ。どんどん来やがれ！」

燕二郎は得意になって半鐘を連打し、「こっちだこっちだ」と大声をあげた。

やってきたのは捕り方ばかりではない。野次馬まで家を出てきて火の見櫓を取り囲む。江戸は娯楽の少ない町で、人々は〝面白い出来事〟に飢えている。凶悪な事件ですら見物《けんぶつ》の対象となるのだ。

「どけ、どけぃッ」

捕り方が野次馬を押し退《の》けながら進んできた。しかし野次馬の数が多くて難儀している。

「あれは南町の猟犬、村田鉄三郎《むらたてつさぶろう》だな。ご苦労なこった」

燕二郎は面白くてならない。楽しくて楽しくて頭が沸騰《ふっとう》しそうだ。大笑いしながら鐘を叩き続けた。

そうこうするうちに火の見櫓は捕り方によって取り囲まれた。村田が叫ぶ。

「もはや逃げ場はないぞ！　おとなしく縛《ばく》につけィ」

燕二郎は叫び返す。

「嫌なこったい！　オイラを捕まえてぇなら、ここまで上って来やがれ！」

「うぬ！　愚弄《ぐろう》しやがったな！　勘弁ならねぇ。行けッ」

村田が十手《じって》を振り、同心の尾上《おがみ》と捕り方たちが梯子を上り始める。

すかさず燕二郎は肩に担いだ銭箱を開けた。

「とざい東西《とうざい》〜！　これよりお目にかけますするは、世直し衆の銭配りでござ〜い。お集まりの皆様、とくと御覧《ごろう》じろ！」

銭箱に手を突っ込む。中には四分金《しぶきん》や二朱金《にしゆきん》などが入っていた。小判より金額は少ないが、黄金色の輝きは本物だ。

燕二郎は威勢よく金貨を夜空に撒《ま》きはじめた。金色の輝きが宙を舞って落ちていく。野次馬たちは歓声を上げた。

「世直し様だ！」

「世直し様のお救い金だ！」

我先に金を摑み取ろうとする。捕り方を押し退けて突進し、さらには、梯子を上りかけていた尾上の衿《えり》まで摑んで引きずり下ろした。梯子に上って手を伸ばし、いち早く金を摑もうというのだ。

村田は憤激する。

「おろか者どもッ、やめよッ、御用の邪魔をするならば、お前たちも同罪ぞッ」

しかし誰も言うことを聞かない。野次馬たちに押されて同心も捕り方も右往左往した。それどころか、金貨を拾ってこっそりと袂《たもと》に入れる捕り方までいた。

櫓の上の燕二郎は、ぜんぶの金を撒き尽くすと、空っぽの箱をひっくり返して投げ捨てた。

「それじゃあな、あばよ！」

櫓のてっぺんから身を投げる。

同心と捕り方が息をのんだ。野次馬たちは悲鳴をあげた。あんな高い所から飛び下りたら助からない。自害したのだと思ったのだ。

だがしかし、燕二郎は近くの屋根の上に無事、飛び下りた。足から飛び下りたら骨折したであろう。燕二郎は着地と同時に身を丸くさせ、さらには屋根の傾斜を転がることで衝撃を軽減させた。三回、四回と回転してから立ち上がり、屋根の上を走り出した。

同心と捕り方は唖然茫然《あぜんぼうぜん》としている。一方、野次馬たちは「わあっ」と歓声を上げた。拍手喝采したのだ。

「クソッ、追うぞ！　逃がすなッ」

村田が走りだす。尾上と捕り方も後に続いた。

二

「そこまで追いつめながら取り逃がしただとッ」

南町奉行所の内与力《うちよりき》御用部屋。内与力の沢田彦太郎《さわだひこたろう》が怒声を張り上げている。

村田と尾上は平身低頭するばかりだ。言い訳のしようもない。

沢田彦太郎の顔は怒りで真っ赤だ。

「このままでは、お奉行の進退にも関わるッ。お奉行が罷免《ひめん》されたなら、なんとするかッ」

内与力は町奉行個人の家来であるので、町奉行が罷免されたら沢田彦太郎も一緒に罷免される。

「その時は、お前たちもただですむと思うなッ。皆、道連れにしてやるッ」

卯之吉は同心詰所に座っている。のんびりと茶を喫《きっ》していた。

「沢田様も、だいぶ取り乱しているようですねぇ」

茶碗を置いて立ち上がる。

「村田さんが戻ってきたら、やつあたりを始めるでしょう。ここは逃げるにかぎるねぇ」

ヒョコヒョコと足を運んで詰所を出た。

町奉行所の門の横には小屋があって小者《こもの》たちが待機している。銀八が卯之吉に気づいてやってきた。沓脱《くつぬ》ぎ石に雪駄《せった》を揃えた。

卯之吉は雪駄に足の指を通すと歩きだした。

「若旦那、これからどちらへ」

「昨夜《ゆうべ》のね、火の見櫓を見たくなったのさ」

「へぇ？　御用熱心なことでげすな」

卯之吉が捕り物に熱を入れるとは珍しい。

（さすがに、お奉行様の罷免がかかっているっていうと、若旦那でも真剣になるんでげすかねぇ）

などと思った。しかし卯之吉の返答は銀八の予想とは違った。

「そんな見世物があったとはねぇ。あたしも捕り物に顔を出しておけばよかったよ。昨夜は深川で飲んで踊っていたからねぇ。残念なことをしたじゃないか」

捕り物は物見遊山《ものみゆさん》じゃねぇでげす。と、銀八は思ったのだけれども口には出さない。いまさら何を言ったところで卯之吉の性格は変わりようがない。

＊

「甘利が、芝居にうつつをぬかしておっただと？」

江戸城の広間で将軍が声を上げた。その正面には坂井正重が平伏している。

「柳営《りゅうえい》をあげまして日光社参の支度に専念せねばならぬ折も折」

柳営とは幕府のことだ。

「町人どもの慰みである芝居小屋に出入りするとは、不見識の誹《そし》りも免《まぬが》れ得ぬかと。日光社参の大号令を発した上様のご面目《めんもく》にも関わりまする。甘利様を糾問《きゅうもん》のうえ、町奉行所に命じて芝居小屋には処罰を下すべきかと愚考つかまつります」

将軍は「ううむ」と唸《うな》って考え込んだ。

「それと、もうひとつ懸念が……」

「まだ何かあるのか！」

「僭越《せんえつ》にも世直し衆を名乗る凶賊どもにございます。昨夜も凶行に及んだ由《よし》。いったい町奉行所はなにをいたしておるのでございましょう。ただいま南北の町奉行所を御支配に置いているのは老中の甘利様。いささか懈怠《けたい》、あるいは無能がすぎるのではございますまいか」

「言葉が過ぎようぞ」

「それがしは上様のご面目が損なわれることを何よりも恐れまする。甘利様のご処分、なにとぞご思案《しあん》くださいますよう、お願い申し上げまする」

＊

卯之吉は火の見櫓に到着した。

大勢の野次馬が集まっては囃し立てている。

「世直し様が派手に金を撒いたってのは、この櫓かよ」

「人呼んで世直し櫓だぜ。ありがてぇや」

などと言い合っていた。江戸っ子の間に情報が伝わるのは早い。中には瓦版を手にしている者までいた。

六尺棒を手にした番太《ばんた》が野次馬を追い払おうとしている。

「鎮まりやがれ。手前ぇたちにも仕事があるんだろう。仕事に戻りやがれ」

声を上げて制止しているが、野次馬たちは帰る様子もなかった。

卯之吉は「ほうほう」と声を漏らした。

「世直し衆は、たいした人気者だねぇ」

いつものように調子の外れた物言いだ。銀八は勘弁してくれ、という気分である。

「同心の若旦那が感心していてどうするんでげすか」

野次馬たちが卯之吉に気づいた。

「あれは南町の八巻《やまき》様だぜ！」

「いよっ、日本一の凄腕《すごうで》同心！」

「世直し櫓と八巻様、今、江戸で評判の名物を一緒に見られるなんてなぁ。盆と正月が一緒にきたみてぇだぜ！」

などと軽薄に言い合っている。舞台に立ってるお役者じゃないんだから、と銀八はますます呆れる思いだ。

卯之吉本人は聞き流している。無視しているわけではない。「おや」と銀八は思った。卯之吉は何事か、気になることを見つけると集中する。周囲の雑音など耳に入らなくなってしまうのだ。

卯之吉は火の見櫓を見上げていた。

「本当にあそこから飛び下りたのかい？」

番太がやってきて「へい」と答える。

「あっしも昨夜《ゆんべ》は捕り物に駆り出されておりやした。確かにこの目で見やしたがね、あの半鐘の辺りから身を投げて、あそこの家の屋根に飛び下りたんでございまさぁ」

「怪我をしただろうねぇ」

「あっしなんか、覚悟の自死かと思いやしたよ。ところが野郎め、クルクルッと屋根の上ででんぐり返しをすると、何事もなかったみてぇに、屋根づたいに走って逃げちまったんでさぁ」

野次馬が聞き耳を立てている。瓦版屋の早筆《はやふで》（取材記者）が帳面に筆を走らせていた。番太が怒りだす。

「お前ぇたちに話して聞かせてるんじゃねぇんだ！　あっちへ行け！」

卯之吉は腕を組んで考え始めた。

「あんな高さから飛び下りて無事だったなんて……。軽業師でもないと考えられないねぇ」

＊

浅草寺《せんそうじ》は広大な境内《けいだい》を有しており、本堂の北側は俗に〝奥山《おくやま》〟と呼ばれていた。山とは寺院の代名詞である。つまり、お寺の境内の奥、という意味だ。

奥山には水茶屋《みずぢゃや》や甘味処があって、参詣客《さんけいきゃく》の休憩所となっている。また、様々な見せ物小屋や旅芸人の芝居小屋もあった。落語家や講釈師の演芸場もある。小《こ》間物屋《まものや》や団子屋、飴屋《あめや》の屋台も出ていた。

もはや寺というより遊園地だ。江戸っ子はもちろん、江戸見物の旅行者や、参勤交代でやってきた武士も遊びに来る。毎日が縁日のような人出であった。

ちなみに、寺の境内で商売をする者はまず〝場所代〟を寺に支払う。隠語でショバ代などともいう。さらには利益の一部を寺に上納しないといけない。こちらは寺銭《てらせん》と呼ばれた。

浅草寺が誇る壮大な山門や大伽藍《だいがらん》は、こうした上納金によって支えられていたのだ。徳川幕府も黙認している。なにしろ浅草寺は西暦六二八年の創建。徳川家が江戸に幕府を開くよりも千年近く前から関東を守ってきた寺だ。

歌舞伎役者の由利之丞が奥山へとやってきた。今日も大勢で賑わっている。世間が不景気だからこそ、仕事がなくて時間を持て余した人々が暇つぶしに来る。火除け地の造成で小銭を手に入れた窮民たちも「せっかく江戸に出てきたのだから」と、評判の奥山見物にきた様子であった。

芸人たちが技を披露する〝劇場〟は仮設の建物だ。火事で焼け残った柱を買い取ってきて掘《ほ》っ立《た》て柱にする。壁は莫蓙《ござ》を張っただけだ。

江戸では江戸歌舞伎の三座（市村座、中村座、森田座）を除いて、常設の劇場を建てることは許されていない。

「えぇーい、軽業ァ。宙返りに綱渡り、息を呑む芸を次々と繰り出すよォ。これを見ないと一生後悔するぜ！　さぁ、入った入った！」

軽業小屋の前で呼び込みが声を張り上げていた。

由利之丞は軽業小屋の後ろに回った。そこが楽屋口なのだが、地回りのヤクザ者が睨みを利かせていた。由利之丞の前に立ちはだかった。

「どちらさんですかい。なんぞ楽屋に御用なんで」

興行を仕切っているのは俠客《きようかく》の一家であることが多い。ヤクザ同士の縄張り争いは日常茶飯事で、人気の芸人の引き抜きも多かった。まれには熱狂的なご贔《ひい》屓《き》（ファン）が面倒を起こすこともある。ゆえに警戒は厳重だ。

「オイラぁ由利之丞ってもんだけど。鳶《とんび》ノ半助《はんすけ》親方に呼ばれて来たんだ」

すると小屋の中から老人の声がした。

「おう。オイラが呼んだんだ。通してやっておくんなぃ」

ヤクザ者たちが「へーい」と応えて後ずさり、由利之丞のために道を空けた。

由利之丞は莚《むしろ》をまくりあげる。この莚が楽屋の入り口だ。中は薄暗い。莚の目から外光が差しているだけだ。

薄暗がりの中に小柄な老人が座っていた。ジロリと目を向けてきた。

「久しぶりだな、平吉《へいきち》。いやさ、市村座の由利之丞丈《じょう》か。まぁ座れ」

小屋の中に床はない。莚が敷かれているだけだ。由利之丞は莚の上に正座して深々と頭を下げた。

「ご無沙汰しております、親方」

「よせよ。今の手前ぇの親方は歌舞伎役者の長二郎だろう。長二郎がお前ぇの綺麗な顔を見込んで『養子にしてぇ、歌舞伎役者に育ててぇ』と言い出した。だからオイラはお前ぇを譲った。そん時に親方子方《こかた》の縁は切ったんだ」

蔦ノ半助は由利之丞の顔を覗き込む。

「今じゃあお前ぇも立派な歌舞伎役者だ。今さらオイラのことを親方なんて呼ぶこたぁねぇんだぜ」

「だけどよ、ガキの頃、飢え死にしかけたオイラを拾って育ててくれたのは親方だ。半助さん、なんて、他人行儀な呼び方はできません」

「まぁいいや。なんとでも呼べ。久しいな。いいもんを食ってるらしい。ずいぶんと背が伸びたじゃねぇか」

そういう半助のほうは、別れたときよりも一回り小さくなった。顔も萎《しな》びて皺《しわ》だらけだ。由利之丞の記憶の中の半助は、小柄ながらも筋骨隆々で、顔つきも精《せい》悍《かん》であったのだが。

「上方歌舞伎の宝三郎と同じ舞台に立ってるって聞いたぜ。奥山の芸人仲間でも評判だ。祝いの酒だよ。まぁ、飲みねぇ」

湯呑茶碗を持たされる。「下手を打って舞台を降ろされた」と言える雰囲気ではなかった。

半助は自分の茶碗の酒を飲み干した。

「昔話もしてぇし、お前ぇの自慢話も聞きてぇ。だけどよ、悠長にもしていられねぇんだ。大ぇ事《でじ》な話がある」

「なんでしょう。お聞きします」

どうやらその話をするために呼んだらしい、と由利之丞は理解した。

半助は声をひそめた。

「世直し衆を名乗る盗っ人が、世間を荒し回ってるってぇこたぁ知ってるな？」

「へ、へい……」

「火の見櫓から飛び下りて、怪我一つしねぇっていう」

半助の目がギラリと光った。

「軽業師にしかできねぇ技だぜ」

殺気走った低い声音《こわね》で断じた。そして続ける。

「お前ぇも元は軽業師の稽古を受けていた身だ。掟《おきて》は知ってるだろう。盗っ人に身を落とした軽業師は、オイラたちの手で成敗《せいばい》しなくちゃならねぇ」

「成敗……」

「軽業は盗みの技に使える。だからこそオイラたち軽業師は、身内から一人の盗っ人も出しちゃいけねぇんだ。オイラたちは旅芸人だ。村から村、町から町へと渡り歩いて、銭とおまんまにありついている。『軽業師の中に盗っ人がいる』なんて、噂でも流れちゃいけねぇ。どこの村にも、町にも、入れてもらえなくなるからな」

厳しい掟で自らを律しているからこそ、見物客に安心して楽しんでもらえる。掟を守ることは絶対なのだ。

由利之丞も緊張してきて、座り直した。

「親方、オイラに何をさせようと仰《おつしや》るんで？」

「お前ぇは南町の八巻様の手先だと聞いたぜ」

「手先？　ええと、まぁ……そういうことになるのかな？」

卯之吉との関わりを簡単に説明することは難しい。由利之丞自身も、どうしてこんなことになっているのか、と、首を傾《かし》げることも多い。

「芸人にはガラの悪い奴も多いからな。お前ぇが役人の手先になったことを罵《ののし》る野郎もいるが、オイラはたいしたもんだと褒めてやるぜ。そこでだ」

半助は身を乗り出して顔を近づけてきた。

「お前ぇに悪党を捕まえてもらいてぇ」

「オイラに？　世直し衆を？」

「八巻様のお手伝いをするだけでいいんだ。もちろんオイラたちも手を貸すぜ。

軽業師崩れの悪党を捕縛するために軽業師たちが手を貸した、ってぇ評判が上ればいいのさ」

ここで半助は計算高そうな笑みを見せた。唇を歪《ゆが》めてニヤリと笑った。

「八巻様の捕り物なら瓦版にも刷られる。オイラたちの働きが江戸中に知れ渡るだろうぜ」

「なるほど、って言いたいけど……」

「気が進まないってツラつきだな。相も変わらず臆病な野郎だぜ。いいか、よく聞け。軽業師崩れの盗っ人の正体は燕二郎だ」

「ええっ。親方、それは本当かい」

「火の見櫓を見てきたぜ。あの高さから身を投げても怪我しねぇ技を身につけた軽業師なんて何人もいねぇぞ。できそうな奴らの居場所は確かめてある。居場所がわからねぇのは燕二郎だけなんでぃ！」

由利之丞は驚いてしまって声もない。

その肩を半助が叩いた。

「燕二郎とお前ぇは兄弟分だ。同じ信州《しんしゅう》の村で捨てられていたんだよなぁ。旅回りをしていたオイラが拾って育てた。そして軽業を仕込んだんだ」

「燕二郎は、今、一座にいないのかい」

「自棄《やけ》を起こして出て行ったぜ」

「自棄？　どうして。あんなに芸達者だった燕二郎が……」

「野郎が何に不貞腐《ふてくさ》れたのか、親代わりのオイラにもわからねぇよ。若造ってのは無茶な考えにとり憑《つ》かれるもんだ。いずれ帰って来て詫びを入れるだろう、そうしたら軽業の奥義《おうぎ》も授《さず》けてやろう、って考えていたんだが」

半助は、天井代わりに張られた莚を見上げて嘆息した。

「盗っ人なんかに身を持ち崩すとはなぁ」

顔を上げたのは、柄《がら》にもなく滲《にじ》んだ涙を誤魔化《ごまか》すためだったのかもしれない。歳をとると涙もろくなるものだ。鼻水をすすってから、怒った顔を由利之丞に向けた。

「燕二郎とオイラは義理の親子。お前ぇは義理の兄弟だ。オイラたちで始末をつける。これが掟だ。やってくれるな？」

由利之丞は状況に呑まれて思案も纏《まと》まらない。ただ頷くしかなかったのだった。

三

将軍は老中の甘利を呼び出した。

「甘利よ。幕府の財政は逼迫《ひっぱく》しておる。今、日本の国は、我らが八方手を尽くし、世の綻びを彌縫《びほう》することによって、どうにか保たれておる」

彌縫とは、ぼろ布《きれ》（切れ）などを継《つ》ぎ接《は》ぎして縫い合わせることをいう。幕府の力をもってしても小手先の対処をすることしかできないと、将軍は嘆いているのだ。

「今、日本は危急存亡《ききゅうそんぼう》の秋《とき》だ」

甘利備前守は深々と平伏《へいふく》した。

「いかにも、ご賢察のとおりかと、この備前守も心得まする」

「ところがである」

将軍の声が険しくなった。

「歌舞伎の芝居小屋では贅《ぜい》と華美を尽くした芝居興行が催《もよお》され、町人たちがうつつを抜かしておると聞いた。その方は、よく存じておるはずじゃの？」

甘利はビクッと身を震わせた。芝居見物をしていたことが露顕《ろけん》していると察したのだ。将軍の厳しい言葉は続く。

「芝居小屋ばかりではないぞ。浅草寺の奥山には見せ物小屋が掛けられ、大勢の町人たちが物見遊山に通っておる。けしからぬ話じゃ。なにゆえ町人どもは昼日中《ひるひなか》から遊び回るのか。危急の秋ぞ！　おのおのが仕事に励み、銭を稼いで、世を支えるべきではないのか！」

将軍の声は激しさを増す。

「我らがいかに手を尽くそうとも、町人たちが遊び惚《ほう》けておったのでは世は破れゆくばかり。芝居小屋と見せ物小屋はけしからん。吉原や深川も同断《どうだん》じゃ。早急《さっきゅう》に閉じよ。町人たちには、無益な散財をひかえ、それぞれの仕事に専心するよう、町奉行所を通じて叱りおけ！」

「う、上様……！」

甘利は思わず身を乗り出した。

「なんじゃ。余の考えに不服があるのか」

「なにとぞ、ご再考をお願い申し上げまする」

「なにゆえじゃ。そのほうの存念を申せ」

「今はたしかに危急の秋。ならばこそ、ならばこそにございます。芝居小屋を閉じてはなりませぬ。芝居小屋を閉じたならば、江戸の町人たちは、徳川の治世はそこまで追い詰められているのかと驚き慌て、それこそ、仕事が手につかなくなりましょう」

将軍は「むむっ」と唸《うな》った。甘利は訴え続ける。

「我ら公儀《こうぎ》は、常平生《つねへいぜい》と同じくして世を治めるべきでございます。我らが窮しつつあることを町人たちに察せられてはなりませぬ」

「だが、町人たちが遊び惚けておることは、黙過《もつか》しがたい」

「人は、生きる楽しみがあればこそ、日々を懸命に生き、働きまする。人から楽しみを奪ってはなりませぬ」

「町人たちが働かなくなると申すか」

「御意《ぎょい》にございます。町人たちが日々の暮らしを存分に謳歌《おうか》できるように政《まつりごと》をいたすことこそが我ら公儀の務め。上様におかれましては、町人たちの楽しみをご自身の楽しみとお心得くださいまするよう。これこそが〝苦楽を共にする〟の謂《いい》にございまする」

将軍はまだ不満そうな顔つきであったが、芝居小屋を閉じよと命ずることはなかった。

＊

「由利之丞さんの様子がおかしいって？」

卯之吉が水菓子を食べながら聞き返した。

上野寛永寺《うえのかんえいじ》にほど近い水茶屋だ。不忍池《しのばずのいけ》が眼下に望める。不忍池の周辺にある茶屋は逢い引きの場として有名だったが、参詣者が相手の真面目《まじめ》な茶屋も当然にある。ちなみに水菓子とは水で冷やした果物のことだ。卯之吉は皿の上の桃を竹串でちまちまと食べている。

瀟洒《しょうしゃ》な店の中に無粋《ぶすい》な浪人者が座っている。水谷弥五郎《みずたにやごろう》だ。

「飯もろくろく食わずに、毎日、町中をうろついておるのだ」

銀八が納得の顔つきで頷いた。

「せっかくのお役を宝三郎さんの差し金で降ろされたでげすからねぇ。気落ちしてるんでげしょう」

すると水谷はムキになって首を横に振った。

「役を降ろされたことなら、これまで何度もあった。されど気落ちすることなく稽古に励むのが、あいつの良いところだ」

「唯一の取り柄と言ってもいいでげすな」

「まして飯も食わぬなどと……。どう考えてもおかしい！」

「本人に問い質してみたらどうでげすか」

「何も答えぬ。このわしに隠し事をするなど……ますますもって不可解なのだ。聞いておられるのか、八巻殿！」

卯之吉は「えっ」と顔を上げた。

「ええ、聞いてますよ」

話を聞くよりも桃を味わうことのほうが優先だ、という顔をしている。

「そうですか。宝三郎さんに役を降ろされて……。初耳ですねぇ」

銀八が囁《ささや》く。

「若旦那は今度の芝居の金主でげすからね。座元様も内緒にしたのでげしょう」

水谷は焦燥《しょうそう》しきっている。

「わしには気づかれぬように長屋を出て行ってしまってな。こんなことも今までなかった！」

卯之吉は「ふぅん」と考え込む。

「確かに由利之丞さんらしくないですねぇ。気鬱《きうつ》でしょうかね」

水谷は聞き返す。銀八も首を傾げている。二人とも気鬱がどんな症状なのかは知っている。由利之丞にはもっとも似つかわしくないので驚いたのだ。

「気鬱」

「気鬱なら良い薬がありますよ。長崎《ながさき》から取り寄せましょう」

それには何十両の金がかかるのか。卯之吉にとっては金の問題ではないらしい。

「水谷様、由利之丞さんから目を離さないほうが良いでしょう」

「心得ておる。これから、由利之丞が立ち寄りそうな所を回るつもりだ」

「見つかるといいですねぇ」

水谷は茶屋を出ていった。

＊

由利之丞は一人、掘割端《ほりわりばた》に立っている。足元の小石を拾って水面に投げた。ドボンと音がして波紋が広がった。

「ここがお前の奉公先ずら。よく可愛がってもらうずらよ」

酷《ひど》い訛《なま》りが聞こえてくる。振り返ると、貧しげな身なりの男が、もっと貧しげな子供を三人、連れて歩いていた。

（お信《しな》か……）

お信とは信州（長野県）出身者のことだ。江戸に稼ぎに出てくる者たちは、信州か下総《しもうさ》（千葉県北部）の出が多かった。

子供たちは泣きべそをかきながら歩いている。足が遅くなると引率の男は容赦《ようしゃ》なく叱りつけた。人買いに違いない。子供たちは銭で買われた身なのだ。

人買いは非道な商売だが、飢饉《ききん》の時には救いの神だ。寒村にいたなら飢え死にするしかない子供たちを都市に連れ出してくれる。

江戸の者たちは売り買いされてきた子供たちを可哀相だとは思わない。いちいち同情してなどいられないほど多くの子供が江戸に連れてこられて、運と努力次第で一人前の人間に育っていく。

無理やりに引っ張られていく子供たちを目で追っていく。木戸番《きどばん》の親仁《おやじ》が番小屋の前で唐芋《からいも》（さつまいも）を焼いていた。甘い匂いが漂っている。子供たちは腹を空かしているのだろう。焼き芋を凝視している。しかし人買いに手を引かれてその場から引き剝《は》がされた。町の奥へと引っ張られていった。

由利之丞は、あっ、と声を上げそうになった。

「あの親仁さん……まだ芋を焼いていたのか」

子供の頃の記憶が蘇った。腹を空かせた由利之丞は――当時は平吉という名前だったが、親仁の目を盗んで芋をかっぱらった。

親仁に見つかって追いかけられて、破れかぶれで掘割の水に飛び込んだ。おかげで捕まらずにすんだけれども、盗んだ焼き芋は泥水を吸ってグチャグチャになった。それでも由利之丞は、その芋をむさぼり食ったのだ。

(懐かしいな)

木戸番小屋は昔のままだ。親仁だけが歳をとっている。由利之丞はついフラフラと歩み寄った。

「へい、いらっしゃい」

親仁が無愛想に声をかけてくる。木戸番小屋は町を見張るのが仕事だが、小間物を商っている。草鞋《わらじ》や雪駄、笠、針と糸など、道行く人が必要になりそうな品々がぶら下がっていた。

「芋をおくれ」

「へーい。ひとつ四文《しもん》だ」

焼けた芋を手づかみにする。親仁の手の皮は頑丈だ。由利之丞は芋をかっぱらった時に、手におった火傷《やけど》を思い出した。

「親仁さん、オイラに見憶えはないか」

昔の悪事の詫びを入れて、盗んだ品々の弁償をしたい。

しかし親仁は首を傾げた。

「どちらさんですかい。あんたみてぇな綺麗な顔に覚えはねぇな」

「そうかい」

あの頃の由利之丞は、いつでも顔を泥と垢《あか》だらけにしていた。

由利之丞は大きく息を吸った。

「オイラぁ、市村座の若衆《わかしゅ》役者の、由利之丞ってんだ」

「へぇ、お役者かい！　どうりで」

小屋の中で赤ん坊が泣きだした。小屋の中では木戸番一家が生活している。

「親仁さんの孫かい」

親仁は皺だらけのいかつい顔を綻《ほころ》ばせた。

「ああ、孫娘だぜ。先月生まれたんだよ」

「そいつはおめでたいね」

由利之丞は一朱金を懐紙《かいし》に包んで差し出した。

「これはお祝いさ。受け取っておくれよ」

「いいのかねぇ、こんな大金」

詫びのつもりだ、とは言えない。

「芝居を見に来ておくれ。市村座の由利之丞だ。可愛がっておくれよ」

自分の手拭いを出して焼き芋を受け取って、由利之丞はその場を離れた。

掘割端にしゃがみ込む。焼き芋をかじった。

すると、

「やい。半分くれよ」

背後から声をかけられた。

振り返ると、臙脂色《えんじいろ》の派手な着流しをぞろりと着けた若者が笑みを浮かべて立っていた。

「やい平吉。いやさ、市村座の由利之丞さんよ」

「燕二郎」

燕二郎は懐手《ふところで》をして笑っている。卑屈なのか、不敵なのか、どちらにもとれる笑顔だ。昔からこういう表情をする男であった。

由利之丞は焼き芋を二つに割って、片方を差し出した。燕二郎は受け取ってペロリと食べた。

「昔を思い出すな。かっぱらった食い物をよぅ、よくこうして分け合って食べたよな。あの親仁の屋台からもずいぶんたくさん掠《かす》め取ったもんだぜ。相も変わらず間抜けなツラだな、あの親仁」

燕二郎はあざ笑っている。

「ところで、こんなところで何をしていやがる。芝居に出なくていいのかい。宝三郎と同じ舞台にあがってるんだろう」

燕二郎は懐から一枚の芝居絵を取り出した。興行中の芝居絵で、贔屓筋に配られたものだ。大きく描かれた主役の後ろに脇役たちの姿も小さく描かれている。顔の見分けもつかないほどに小さく刷られた若衆のところに〝由利之丞〟と名前が小さく書かれてあった。

なぜかその浮世絵には細かい皺がよっている。クシャクシャに丸めた絵を伸ばし直したらしい。

由利之丞はそれには答えず、燕二郎の顔をじっと見つめた。

「蔦ノ半助親方のところを飛びだしたらしいね。親方が心配していたよ」

燕二郎は「へへっ」と笑った。身を仰《の》け反《ぞ》らせて嘲《あざけ》る顔つきとなった。

「江戸三座のお役者が、軽業の元締めのところなんかに出入りしてるのかい。三座の御免《ごめん》櫓に傷がつくってもんだぜ」

由利之丞は眉根を寄せた。久しぶりに会ったというのに、久闊《きゅうかつ》の挨拶も交わさずに、自分たちはなにを喋《しゃべ》りあっているのか。

「久しぶりだよな燕二郎。元気にしてたか」

「元気にしてたぜ。昔とおんなじよ。元気だからって幸せってわけでもねぇ。それも一緒だ」

「今、なにをしてるんだ」

燕二郎は軽薄に笑っている。

「そいつはオイラがお前ぇに聞いたんだぜ。ここで何をしていやがる。舞台はどうした」

「宝三郎さんに嫌われて、役を降ろされたんだ」

「えっ」

「兄弟同然に育ったお前だから、つつみ隠さずに言うよ」

落胆の表情も隠さない。すると燕二郎は、我が事のように立腹し始めた。

「ちくしょう、ぜいろく野郎め。人気役者だか知らねぇが、ふざけた真似をしやがって！」

ぜいろくとは上方の人々を嘲って呼ぶ言葉だ。

「勘弁ならねぇ。やい平吉、オイラとお前ぇで宝三郎をとっちめてやろうぜ！意趣返しだ！」

今にも突っ走っていきそうな顔をしている。由利之丞は、

（そうだ。燕二郎はこういうヤツだった……）

と、思い出した。

とにかく喧嘩っ早い悪ガキで、誰彼かまわず突っかかっていった。

もちろん子供であったから、大人と喧嘩をしても勝てない。痛い目にあうだけだ。しかし燕二郎と由利之丞には軽業があった。きつい稽古で会得《えとく》した技を悪用して、酷いいたずらをしたものだった。

燕二郎はあの頃とまったく変わっていない。図体が大きくなっただけで、顔つきも言っていることも、悪ガキのままだ。

「どうした、行こうぜ。便所の糞桶《くそおけ》を持っていって、宝三郎の頭からぶちまけてやろうじゃねぇか」

そんな酷いことも昔はよくやった。燕二郎と肩を組んで大笑いしたものだ。

しかし、由利之丞はもう昔の悪ガキではない。

「そんなことはできないよ。オイラが役を降ろされたのはオイラの芸が拙《まず》いせいだ。宝三郎さんが悪いんじゃない……」

燕二郎は立ち止まって振り返った。キョトンとした顔をしている。

「おい、どうしちまったんだよ。昔のお前ぇはどこに行っちまったんだよ。大人に舐《な》められたらお終《しま》いだぞ。そう言い合ってたじゃねぇか。昔のお前ぇはどこに行っちまったんだよ」

（いつまでもガキじゃいられねぇんだ）

由利之丞はそう思ったけれども、燕二郎の顔を見るに、言っても聞きわけないだろうことがわかった。

燕二郎は激怒し続ける。

「オイラとお前ぇは信濃《しなの》の村からずっと一緒だった。親は違えど兄弟同然。腹を空かした時にゃあ小さい団子を二つに分けて腹を満たした。辛い毎日を一緒に過ごした兄弟を虚仮《こけ》にされたんだ。黙っていられるかい！」

燕二郎の無鉄砲を批判する気にはなれない。昔の自分も同じだったのだ。

燕二郎は独りでも〝友達が侮辱された仕返し〟をしそうな顔をしている。止めなければならない。

「宝三郎さんのことは、オイラが自分でなんとかするよ。もう子供じゃないんだ。仲間の手を借りて仕返しする、なんてのは子供がすることだよ」

「あ？」

燕二郎は振り上げていた拳を空中で止めた。その拳を下ろした。

「ああ。そうだよな」

フーッと息を吐く。

「お前ぇにもお前ぇのやりかたってもんがあるだろう。手出しは無用ってわけかい」

「そうともさ」

オイラのやりかたは、芸を磨いて宝三郎に認めてもらう。そしていつかは宝三郎を超える人気役者になって、吠え面《ほづら》かかせてやることだ——そう思った。

「由利之丞、何度も言うが、大人に舐められっぱなしは良くねぇぞ」

「まったくだ。今に見ていろ」

「その意気だぜ」

燕二郎はニヤッと笑った。

燕二郎は近くの料理茶屋を親指で示した。

「久しぶりに会ったんだ。一杯やろうじゃねぇか」

　由利之丞は燕二郎が親指で示した先を見る。

「あの料理茶屋で、かい？」

　この近在では評判の高級店だ。しかし燕二郎は尻込みした様子もない。

「芸者も呼んで派手にやろうじゃねぇか。銭の心配はいらねぇ。オイラに任せとけ」

　懐の辺りをポンと叩いて得意げな顔をした。

　由利之丞の表情はますますこわばる。

「お前、今、どんな仕事をしているんだ」

「なんだっていいじゃねぇか」

「聞かれたことに答えろ」

　燕二郎は腕を組んでそっぽを向いた。由利之丞は続ける。

「芸人仲間の目と耳は江戸中に張りめぐらされてる。言い逃れはできねぇぞ。悪党の一味になったんだろう」

「悪党じゃねぇ！　世直しだ！」

　どっちも同じことだ。由利之丞は無視して続ける。

「半助親方はお前を見つけてお仕置きするって言ってなさる」

「なにをするってんだよ」

「手足の筋を切り離して、軽業ができねぇ身体にする、ってんだ」

軽業どころか日常生活にも不自由する身になるだろう。

燕二郎はカッと満面に血を上《のぼ》らせた。

「手前ぇ、オイラを捕らえるつもりか！」

「幼なじみのお前を捕らえるなんて、そんなこと、できるもんか。逃げろ、燕二郎！」

「逃げろ、だと？」

「江戸を離れて、どこか遠くへ行くんだ。江戸の芸人仲間の目の届かねぇ所まで逃げれば大丈夫だから」

「馬鹿野郎ッ。田舎の村の辛い暮らしは知ってるはずだ！　あんな暮らしをオイラにしろって言うのかよ！」

「江戸にいたら捕まっちまうんだぞ」

「オイラに説教しようってのか！　手前ぇはオイラの弟分だろう！　オイラの陰に隠れて泣きべそかいてやがった手前ぇが、兄貴分のオイラに説教かよ。かっぱらいのたびにドジを踏んで、オイラに助けてもらったお前ぇがよ！」

燕二郎は由利之丞をドンと突き放した。

「ああ、そうだろうよ。今のお前ぇは三座のお役者だ。偉くなったよなァ！　いつまでもうだつの上がらねぇ兄弟分に、説教したくもなるだろうよ！」

「そんなつもりはないよ……。お前に捕まってほしくないんだ」

「捕まるもんかよ！　オイラの軽業を舐めてもらっちゃ困る。お前ぇが歌舞伎役者の養子に引き取られた後も、オイラは一人で厳しい稽古に堪《た》えたんだ！」

燕二郎は飛び上がった。由利之丞の頭上を越えて宙返りをして、反対側に飛び下りた。

「お前ぇが役者で人気者になるってんなら、オイラは天下一の盗っ人になってみせるぜッ。今に見てろッ。江戸はもうすぐひっくり返る。世直し衆の天下になるんだッ」

そう啖呵《たんか》を切ると、燕二郎は素早く走り去って行った。

「燕二郎……」

由利之丞は呼び止めることもできなかった。茫然と見送るしかなかったのだ。

＊

「退《ど》いた、退いたァ！」

江戸の町中。商人《あきんど》や荷車がごった返す中、黒巻羽織《くろまきばおり》の同心たちが突っ走っていく。南町の筆頭同心、村田銕三郎と、同心の尾上と、新米同心の粽《ちまき》三郎、さらに岡《おか》っ引《ぴ》きたちだ。

「退きやがれッ」

岡っ引きが叫び散らす。町人たちは慌てて道を空けて、同心たちを通し、走り去る後ろ姿を見送った。

見送った町人たちの中に卯之吉の姿もある。やたらと豪奢《ごうしゃ》に着飾った若旦那の姿だ。広げた扇子で顔を隠して土埃《つちぼこり》を防いでいる。

「なんだろうねぇ騒々しい。世直し衆の隠れ家でもみつけたのかねぇ」

銀八は卯之吉の装束についた土埃を払った。

「世直し衆を捕まえることができねぇっていうと、お奉行様も、内与力の沢田様も、お役御免《ごめん》になるってぇ話でげす。同心様がたも必死でげすよ」

「それはたいそうなお困りだねぇ」

まったく他人事《ひとごと》の口ぶりだ。

内与力の沢田彦太郎は、三国屋と町奉行所を繋ぐ手蔓《てづる》であり、卯之吉を同心にしたのも沢田の手腕があってのことだ。沢田彦太郎が町奉行所を追い出されたなら、卯之吉も同心を辞めねばならないだろう。

しかしそんなことは、卯之吉にとっては〝どうでもいい話〟だ。自分の人生を死ぬまでの暇つぶしだと考えている。

「若旦那は捕り物に加わらなくてもいいんでげすか」

「あたしなんかがいたって、邪魔にしかならないよ」

小唄《こうた》を口ずさみながら卯之吉は市村座に向かった。

舞台を見下ろす桟敷席に入る。今日も芝居は大入りだ。宝三郎の芝居はますます評判を呼んでいる。

座元が挨拶にやってきた。市村座の経営者であり責任者だ。千両役者でさえ座元のことは〝座元様〟と呼ぶ。歌舞伎界の頂点に君臨していると言ってよい。

さしもの座元も卯之吉の前では愛想笑いを欠かさない。卯之吉は金主として興行に多額の投資をしている。下にも置かない扱いであった。

「これは三国屋の若旦那様。ようこそお渡りくださいました」
「うん。ちょっと気になることがあってねぇ……」
最後まで言わせずに座元が答えた。
「由利之丞のことにございますね。若旦那がたいそうご贔屓にしてくださってい
る役者ではございますが、宝三郎の意向で、役を降ろしました」
「うーん。そんなに芝居がまずいのかね」
「宝三郎が渾身《こんしん》の芝居をしている時に、由利之丞のせいでヤジが飛んだり、半畳
を投げ入れられるようでは、困りものです」
半畳とは客に配られる敷物のことだ。あまりに酷い芝居をすると、怒った客が
半畳を舞台上に投げ込む。『半畳を入れる』の語源だ。
「なるほど、宝三郎さんがお怒りになるのも無理はないねぇ」
「由利之丞は熱心に稽古に励む男ですけれど、それだけじゃあ足りない。宝三郎
は芝居の名手。その場に合わせて型を外した芝居もいたします。それが艶冶《えんや》に映
るのでございましてね」
「ふむふむ」
「ところが由利之丞は、型にはまった謡いや踊りしかできない。〝琴柱《ことじ》に膠《にかわ》す〟

の物言い通りの杓子定規《しやくしじようぎ》……」

琴の弦《げん》を支える柱を琴柱というのだが、琴柱を膠で接着してしまったら転調ができなくなる。一本調子《いつぽんぢようし》の曲しか奏でることができない。

つまり由利之丞の芝居の拙《まず》さは、臨機応変についてゆけない点にある、と、座元は指摘したのだ。

「稽古熱心の真面目さが徒《あだ》になる、ということも、役者の世界では往々にあることなのですよ」

そんなこんな芝居談義をしているうちに、宝三郎の出場は大詰めだ。天人《てんにん》に衣装を変じた宝三郎が空中に舞い上がった。

宙乗りである。無論のこと仕掛けで吊っている。宝三郎はさすがの名優。仕掛けを感じさせない優美さで観客の頭上で舞い踊った。

観客たちは息をのみ、あるいはうっとりとして見惚《みと》れた。

と、その時であった。

突然に悲鳴が上がった。続いて黒子《くろこ》が芝居小屋の天井から落ちてきた。升席の観客の中に転落する。また悲鳴が上がる。

メキメキッと木材の壊れる音がして、空中の宝三郎が姿勢を崩した。

「宝三郎太夫が、落ちるッ」

裏方の絶叫が天井から聞こえた。そして宝三郎が宙乗りの仕掛けごと客席に落下した。

観客の全員が腰を浮かせる。もはや芝居どころではない。大事故だ。

「な、なんということッ」

座元も桟敷席を飛びだして行く。

それでも宝三郎は立ち上がり、その場でなんとか見得《みえ》を切ろうとした。たいした役者根性だ。しかし腰を強く打っていて立ち上がれない。美貌が苦悶《くもん》に歪んでいた。

弱った立場をいたわることができるのは、あるていど文明化された人々だ。江戸はまだまだ野蛮である。弱り目の者は容赦なく叩き、嘲笑《ちょうしょう》するのが常だった。

「なにやってるんでぃ！」

「そんな無様《ぶざま》を見るために木戸銭を払ったんじゃねぇぞ！」

宝三郎に向かってヤジが飛ぶ。半畳が投げつけられる。宝三郎は黒子たちに両脇を支えられ、よろめきながら花道を下がった。ヤジはやまない。悲惨な有り様となった。

＊

夜。尾張徳川家の抱え屋敷――今は世直し衆の隠れ家として使われている――に、燕二郎がやってきた。

暗い座敷に入る。蠟燭《ろうそく》が一本、灯されているだけだ。そこには誰もいなかった。掘割の水面で反射した月明かりが障子を外から照らしている。かすかな水音がよけいに静寂《せいじやく》を際立たせていた。

「なんでぇ。呼び出されたのはオイラ一人だけかよ」

障子を開けて用心深く目を凝らす。縁側にも庭にも撒菱《まきびし》などは見当たらない。庭を取り巻く塀は高いが、燕二郎からすればほんの一飛びの高さであった。

障子を閉めて座る。待っていると坂井正重が入ってきた。

燕二郎はお辞儀をする。坂井は上座《かみざ》にドッカと座った。

燕二郎はどこまでも不敵である。

「お呼びですかい」

などと砕けた口調で質した。そもそも高位の武士に対する挨拶の口上などはまったくわからない。

坂井は不機嫌も極まる顔つきだ。鋭い目を向けてきた。

「そのほう、我が命《めい》もなく、勝手な振る舞いをしておるようじゃな」

「って言うと？」

「芝居小屋で暴れ、歌舞伎役者に怪我を負わせたのはそのほうであろう。言い逃れはできぬぞ」

坂井がチラリと襖《ふすま》に目を向ける。襖がスッと開いて、公家《くげ》ふうの不気味な男が顔を覗かせた。蛇のように冷やかな目で燕二郎を見ている。

清少将《せいのしようしよう》と名乗る凶賊。坂井の手先として暗躍する男だ。燕二郎も相手の恐ろしさは知っている。

「オイラを見張ってたのかよ。それじゃあ言い逃れもできねぇな」

燕二郎は正座を崩して、ふてぶてしく大胡座《おおあぐら》をかいた。

「それで、オイラをどうしようってんだ」

坂井に訊《き》いたのだが少将が答えた。

「斬るべきでおじゃる」

坂井に向かって進言した。燕二郎は「へんっ」と鼻を鳴らした。

「オイラの軽業なしで押し込みができるってのかい。商人の店の表扉は分厚い板でできてるんだぜ。オイラが店の中に潜り込んで、中から開けるからこそ、押し込むことができるんだぞ。わかってんのか」

少将に向かって厭味《いやみ》たっぷりに言うと、憤激した少将が片膝を立てた。刀を摑む。

「待て！」

坂井が制する。燕二郎に顔を向けた。

「確かにお前の働きはたいしたものだ。それに免じて今回だけは許してつかわそう。だが、江戸にいるのはまずい。江戸を離れよ」

「逃げ出せってのか」

「南町の同心、八巻を甘く見るな。あの男はほんのわずかな綻びも見逃さぬ。綻びをたぐって、我らの策謀を嗅ぎつけるに違いない」

坂井は大きく息をついた。

「お前は目立ちすぎたのだ。八巻が必ずや調べに乗り込んでくる。きつく命じるぞ。江戸を離れよ！　さもなくば――」

少将が刀を握って妖しい笑みを浮かべている。燕二郎は話を飲みこんだ。

「オイラを殺して口封じしようってか。これまでにしくじりをした世直し衆を始末してきたのは、あんただったのかい」

確かに恐るべき相手であろう。

＊

翌日の昼前――。前日の事故の報《しら》せが南町奉行所に届けられた。

「役者が落ちただと？」

報せを受けた村田鋏三郎は顔を険しくさせた。

「そんなことまでいちいち関わっていられるかッ」

今は世直し衆の捕縛に全力を注いでいる。つまらぬ事故を持ち込まれても迷惑千万《せんばん》だ。

「ですけどね、村田さん」

尾上が口を挟む。

「観客の中に怪我人まで出たってんです。ないがしろにはできませんよ」

江戸歌舞伎の三座（市村座、中村座、森田座）は幕府から御免を蒙《こうむ》って興行している。政府の許認可を受けているのだ。所轄《しょかつ》の役所は町奉行所で、今月の月番は南町だった。

江戸では事故も処罰の対象となる。荷車で人を轢《ひ》き殺すと死罪になることもあったほどだ。宝三郎と黒子の転落で観客に怪我を負わせてしまった。市村座は戦々恐々《せんせんきようきよう》としている。

村田は「ちっ」と舌打ちした。

「ハチマキに行かせろ。あいつでも調べ書きぐらいは取れるだろう。その時の様子を見ていたヤツらから、話を聞きだすんだ」

卯之吉はまさにその場で事件を目撃していたわけだが、まさかそんなことだとは思わない。当たり前だ。南北の町奉行所の同心たちは、皆、世直し衆捕縛のために駆けずり回っている。芝居を見る暇のある同心などいない。

「俺たちは人別改《にんべつあらた》めだ。江戸に入り込んだ流れ者の全員を厳しく詮議するぞ」

尾上は「拙者が芝居小屋を調べます」と言いたかった。今の江戸には何万人もの窮民が流れ込んでいる。全員の身許《みもと》を改めるのはとんでもない労苦だ。

卯之吉は若旦那の格好で町中を歩いている。片手の巾着《きんちやく》を振り回すようにして、なんともお気楽な姿だ。

銀八は心配そうにしている。

「どうするんでげすか。歌舞伎の小屋に『南町奉行所より詮議に参った』なんて乗り込んでいったら、若旦那の正体がバレちまうでげすよ」

江戸一番の切れ者同心にして日本有数の剣豪が三国屋の放蕩《ほうとう》息子だった、など と知れたら大騒ぎになるだろう。

「お奉行様や沢田彦太郎様が責めを負わされて首を飛ばされちまうでげすよ」

ただ今の町奉行所は厳しい目を向けられている。『金を握らされて放蕩息子を同心にしてやった』などという醜聞《しゅうぶん》(スキャンダル)が重なれば、いよいよ責任論が湧き起こってくる。

しかし卯之吉本人は呑気なものだ。

「まぁ、どうにかなるだろうさ」

市村座の芝居茶屋に向かっていく。一般客は芝居小屋の木戸から入るが、上客は、市村座に併設された茶屋から入るのだ。

「同心様のご詮議ですから、楽屋口から乗り込むのが常道じゃねぇんでげすか」

芝居を見に来た客ではないのだ。しかし卯之吉はまったく無頓着《むとんちゃく》に茶屋に入ってしまった。

卯之吉は茶屋の座敷に通された。折り目正しく座って待つ。煙管の莨を吸い終わった頃に座元が挨拶に出てきた。卯之吉の正面に正座する。

「これは若旦那、ようこそお渡りを。されど生憎《あいにく》と本日は、桟敷の席が埋まっておりまして」

丁寧に断りを入れてくる。人気の演目の桟敷席は予約がないと確保できないのだ。

卯之吉は笑顔で答えた。

「今日はねぇ、お芝居を見に来たわけじゃないんだよ」

「と、仰いますと……？　ああ、由利之丞のことにございますか」

座元は独り合点《がてん》して喋りだす。

「元の役に戻しました。宝三郎は、怪我が治るまで舞台には立てませぬ。由利之丞は宝三郎の苦情で役を降ろしたので、宝三郎が戻るまでは舞台に上げようと思っておりますよ」

由利之丞を贔屓にしているのは卯之吉だ、ということになっている。ご贔屓筋の意向に沿うことも、座元としては大事な仕事だ。

「宝三郎さんのお怪我は重いのかい」

「打ち身が酷くて、しばらくは寝たきりにございましょう」

「それは大変だ。あとで見舞いを届けさせよう」

「有り難いお志にございます。宝三郎も喜ぶに相違《そうい》ございません」

際限なく横道に逸《そ》れていきそうだったので、銀八は焦っている。

「わ、若旦那。そろそろ御用のお話を……」

「ああ、そうだったね」

座元は首を傾げる。

「御用とは？　どういったご用件で？」

「南町奉行所の御用で来たんだよ」

座元は（わけがわからない）という顔をしている。当たり前だ。

卯之吉は懐から手札を取り出して差し出した。畳の上を滑らせる。座元はその紙を拾って読んだ。

「南町の八巻様のお手札ですと？」

びっくり仰天の顔つきだ。手札と卯之吉の顔を交互に見た。

手札とは名刺のことである。

南北の町奉行所に犯罪捜査担当の同心は二十四人しかいない（同心全体の総数

は百五十人ほど。多い時期で三百人ぐらい）。

江戸は百万の人口を抱えている。二十四人の警察官ではとうてい捌《さば》きされないので手伝いの町人を傭《やと》っていた。俗にいう目明《めあ》かし。岡っ引きや下《した》っ引《ぴ》きたちだ。

同心は配下の目明かしに手札を与える。目明かしは手札をかざして同心の手先であることを証明しつつ、犯罪の捜査にあたった。

ちなみに十手を貸与《たいよ》されていたのは関八州取締出役《かんはっしゅうとりしまりしゅつやく》の手下《てした》たちだ。江戸の目明かしが十手を振りかざすことはなかった。

ともあれ卯之吉が南町の同心の手札を出してきたので驚いた。

「若旦那は、目明かしをなさっておいでなのですか？」

「まぁ、そういうことでね。こちらで起こった出来事を調べてくるようにって、仰《おお》せつかったのさ」

座元は（どうしてそんなことになっているのか理解できない）という顔つきだ。

銀八も（どうしてこうなってしまうんでげすか）と呆れる思いだ。

それでもこの場は、なんとかして取り繕《つくろ》わなければならない。

「みっ、南町の八巻様は、うちの若旦那が芝居小屋に顔が利くことを見込まれなすって、若旦那にお調べをお命じになったんでげすよ。いやぁ、驚き、桃の木、山椒《さんしょ》の木！」

笑いで誤魔化そうとしたが、笑っているのは銀八だけだ。

「こちらでございます」

座元は暗い階段を上って卯之吉を〝柿葺《こけらぶ》きの屋根〟の上に案内した。そこには明かり取りの窓があったが今は演出の都合で閉められている。真っ暗なので座元は蠟燭の燭台を翳《かざ》していた。

今日も芝居は続行中だ。舞台を照らす明かりが眩《まばゆ》い。屋根の上まで照らし上げている。役者の謡いとツケ打ちの音が聞こえていた。

裏方たちが働いている。古株の男が小声で叱りつけてきた。

「誰でぃ、蠟燭なんか持ち込みやがって！」

「あたしだよ」

「あっ、座元様」

座元は裏方たちに卯之吉を紹介する。

「南町の八巻様のお手先《てさき》だ。昨日の一件のご詮議でお越しになった」

裏方の男たちは銀八に目を止めて一斉に頭を下げた。若旦那姿の卯之吉のことを目明かしだとは思わない。当たり前だ。銀八こそが目明かしだと勘違いしたのである。

勘違いなのだけれども、銀八は同心八巻の小者《こもの》だから、目明かしという認識で何も間違ってはいない。

（まったくおかしなことになってるでげす）

ともあれ卯之吉の代わりにしっかりと詮議を進めなければならない。

銀八は腰から帳面と矢立《やたて》を下げている。矢立とは携帯の筆箱で、筆と、墨を染み込ませた海綿《かいめん》が入っている。筆を手にして墨をつけ、帳面に書き留める姿勢をとった。

卯之吉は案の定、よそに注意を向けている。

「ここが舞台の裏側かえ」

屋根の端から舞台を覗き込んで目を爛々《らんらん》と輝かせていた。

卯之吉は〝舞台裏〟に興味津々だ。好奇心の虜《とりこ》であった。こうなってしまうと他のことには注意が向かない。

華やかな芝居の演出の陰で、裏方たちが仕掛けを動かしている。

屋根裏には出番を控えた役者たちも通る。隠し通路になっているのだ。

「あたしたちが芝居を楽しんでいる、その頭の上では、裏方さんがお働きだったのだねぇ」

桟敷席には大奥のお局様が来ることもある。頭の上で裏方が息をひそめて働いていると知ったら、彼女たちはなんと思うであろうか。

柿葺きの屋根から屋根へと頑丈な板が渡してあった。座元が説明する。

「かけすじ、と申しまして、宙乗りの役者と、役者を支える黒子はこの板を使いまする。板の間の溝から仕掛けを下ろしまして、役者を吊るのでございます」

かけすじの溝（レール）に車輪のついた装置を載せて動かす。すると役者が宙を舞っているように見える。大がかりな仕掛けだ。

「なるほど。あたしもいっぺん、吊られてみたいものだねぇ」

卯之吉が場違いなことを言った。座元は聞き流して説明を続ける。

「宝三郎が落ちた時にも黒子がかけすじに上がりまして、仕掛けを押しておりました。そこへ黒い影が襲いかかってきたのです」

「黒い影？」

「見ていた者が申すには、大きな猿のようであったとか。真っ黒な姿で駆けてきて、かけすじを渡り、黒子を投げ落とし、仕掛けを壊していったのです」

座元の顔つきは深刻そのもの。ただでさえ屋根裏は暗い。座元の顔は、脅《おど》かすつもりはなかったであろうが、妖怪のように不気味に見えた。

卯之吉は震え上がった。恐い話は大嫌いだ。今にも気を失ってしまいそうである。

銀八は長い付き合いなので卯之吉の状態を察している。聞き込みを代わることにした。

「そいつぁ、見覚えのねぇヤツなんでげすか？」

「小屋の誰に尋ねても、見知らぬ男だという返答だね」

「どっから入って来たっていうんで？」

「屋根づたいにやってきて、明かり取り窓から入ってきた」

銀八は、かけすじを見た。幅の細い板だ。下を覗けば土間の客席が見える。高さに慣れていない者なら、恐怖で身が竦《すく》んでしまう。

「ここを走っていって、黒子さんを投げ落としたんでげすか」

「そう。そして宝三郎さんも落とした」

「……素人にできることじゃねぇでげすよ」

座元も渋い顔つきで頷いた。

「高い足場の上を走ったり投げ飛ばしたりができる男だ。大工か、屋根葺きの職人かねぇ？」

「それで、その曲者《くせもの》はその後どうなったんでげすか」

「皆が慌てふためいている間に逃げてしまったよ」

先程の裏方も答える。

「屋根を支える梁《はり》から梁へと飛び移りやがって、まるで大猿《おおましら》みてぇに身の軽い野郎でしたぜ」

ともあれ、事件のあらましはわかった。村田銕三郎に報告するには十分であろう。

「若旦那、降りるでげすよ。いつまでもそこで気を失っていたんじゃお邪魔になるでげす」

卯之吉を促して茶屋の座敷に戻ろうとした、その時であった。

「おや。これは、なんでげすか」

柱に紙が張られていることに気づいた。よくよく見て、銀八は「あっ」と声を上げた。
張り紙には〝世直し衆　参上〟の文字が刷られてあったのだ。

＊

「世直し衆だと！」

南町奉行所の同心詰所で、卯之吉の、というより銀八からの報告を受けた村田鋭三郎が目を怒《いか》らせた。

銀八は小者であるので奉行所の建物には入れない。庭に立って答える。

「へい。こいつが張られていたんで」

引き剝がしてきた張り紙を渡す。村田鋭三郎はひったくるように受け取ると、

「尾上！」

と叫んだ。やってきた尾上に張り紙を渡した。

「これまでの張り紙と引き合わせてみろ」

世直し衆は犯行の現場に張り紙を残す。それらは証拠として保管されている。

尾上は他の張り紙と見比べて答えた。

「同じ版木《はんぎ》から刷られた物です」

村田は「クソッ」と毒づいた。

「世直し衆め、勝手放題に暴れやがって！」

尾上はちょっと首を傾《かし》げている。

「だけどこの張り紙には筆が加えられてますよ。……汚《きたね》ぇ字だなぁ、こりゃ」

あまりに拙《つたな》くて、読むのに苦労するほどだ。

「こそう、えんしろう？　世直し衆の〝衆〟の字の上に線が引いてあるから、世直しこそうえんしろう、と続けて訓《よ》むのか。世直し小僧えんじろう、かな」

「なにが世直し小僧だ！　虚仮《こけ》にしやがって！」

一方、卯之吉はいつの間にか淹《い》れた茶を啜《すす》っている。

「だけど腑に落ちませんねぇ。これまで世直し衆が襲うのは豪商ばかりでしたよ。どうして今度はお役者を狙ったのでしょうねぇ」

「千両役者だからだろう」

出演料を千両を取ることから千両役者と呼ばれる。

「確かに金持ちでしょうけれど、その千両が奪われたわけでもないですよ。それに、世直し衆が自分の名乗りを上げたのも、今度が初めてですよねぇ？」

今までは〝世直し衆〟とだけ名乗っていた。今回は〝世直し小僧えんじろう〟

だ。印象がずいぶんと異なる。

「そんなに気になるのなら気が済むまでお前ぇが調べろ。尾上！　こっちは流れ者の詮議だ！」

刀掛けの刀を摑んで飛びだしていく。尾上はウンザリした顔で従った。

＊

今日も二丁町は賑やかだ。楽屋に向かう役者たちや大道具を載せた荷車がひっきりなしに行き来している。芝居に合わせて皆が一斉に動く。良く言えば活気に満ちた、悪く言えばせわしない町だった。

宝三郎はその一角の仕舞屋《しもたや》に居《きよ》を借りて養生《ようじよう》していた。

宝三郎は当代を代表する人気役者だ。仕舞屋の周囲には贔屓の娘たちが押しかけていた。

人気役者の身辺を守るのは〝金剛《こんごう》さん〟と呼ばれる大男たち（いわゆるボディガードである）だが、強面《こわもて》の男たちでも熱狂する娘たちの扱いには窮している様子だ。

卯之吉は呆れて見ている。

「宝三郎さん、これじゃあ湯屋にも行けないねぇ」

娘たちが卯之吉に気づいた。黄色い悲鳴を張り上げる。

「中村座の竜之助《りゅうのすけ》さんよ！」

人気役者に間違えられたらしい。うわーっと押し寄せてくる。たしかに卯之吉は歌舞伎役者に勝るとも劣らぬと評判の美貌の持ち主ではあるが。

金剛たちが慌てた。卯之吉が三国屋の若旦那だと知っている。

「やめねぇか！　こちらはお役者じゃあねぇ！　下がった、下がった！」

卯之吉と銀八は揉《も》みくちゃにされながら仕舞屋に入った。

奥の座敷に入ると、宝三郎は苦労して起き上がろうとした。なにしろ卯之吉は金主である。あだやおろそかにはできない。

しかし身を起こそうとして「うっ」と呻《うめ》く。総身《そうみ》に痛みが走ったようだ。

さすがに上方歌舞伎きっての人気役者だ。養生する様子も痛みに苦悶する様も艶冶そのものだ。見ている銀八は思わず感心してしまう。

「ああ、いけないよ。横になっていておくんなさいな」

卯之吉が制して寝かし直した。

「身をよじっただけで痛むのかい？　そのご様子だと肋《あばら》が折れているようだね。

晒《さらし》を巻いたほうが良いねぇ」

　などと蘭方《らんぽう》医師の目で診立《みた》てている。同心様としてお取り調べに来たんでげすから、と、銀八は言いたかったけれども黙っていた。

「ご災難だったねぇ。どうしてこんな目に遭わされたのか、話して聞かせておくれかい」

　卯之吉は銀八を宝三郎に紹介する。

「こちらはねぇ、銀八親分っていって、南町の八巻様のお手先なんだよ」

「や、八巻様の、ご詮議……でございますか！」

　大坂にも八巻の噂は伝わっているらしい。どんな豪傑だと勘違いされていることやら。

「それじゃあ親分。後は頼んだよ。あたしは痛み止めを煎《せん》じるからね」

　聞き込みは銀八に任せると、自分は、銀八に持たせてきた薬箱を開けて調薬をはじめた。恐ろしいほどに無責任な男である。

　その時、窓の障子が破れて小石が投げ込まれてきた。

「おや危ない。なんだぇ？」

　銀八が答える。

「野次馬の仕業《しわざ》でげすよ。石を投げ込めば宝三郎太夫が顔を出すだろう、ってぇ考えに違いねぇでげす」

「これじゃあおちおち養生もできないねぇ。今は静かに身を休めるのが第一だってのに」

千両の出演料があるのだから、もっと静かな家を借りればいいだろう、とは、ならない。江戸の町でよそ者が土地や屋敷を借りるのには大きな制限があった。

卯之吉は「そうだ！」と顔を上げた。

「あたしの寮（別邸）に移るといい。あたしと銀八しか知らない屋敷なのさ。あたしの師匠の蘭方医に頼んで医者も回してもらおうじゃないか」

独り合点であれこれと思案を巡らせている。宝三郎は何が起こっているのかわからない、という顔をしている。銀八は、

「また始まったでげす」

と頭を抱えた。

＊

同心の尾上はウンザリした様子で町中を歩いている。

「流れ者の中から世直し衆を探し出せって言われてもなぁ。今の江戸にどれだけの流れ者が紛《まぎ》れ込んでるか、わかってるのかよ……」

たいがい歩き疲れてしまう。茶店に寄って甘茶でも、いや、いっそ酒でも引っかけようか、などと思っていると、

「旦那！　南町の旦那！」

物陰から手招きされた。見れば編笠《あみがさ》で顔を隠した男である。軽薄《けいはく》な物腰の痩せた男であった。腰帯から帳面と矢立をぶら下げている。

「誰だよお前は」

「あっしですよ。早筆の伊太郎《いたろう》」

「ああ、瓦版屋か」

瓦版屋は本来、非合法な存在である。同心とすれば捕縛して詮議しなければならないのだが、そこまで杓子定規に権力を振りかざすこともない。魚心あれば水心だ。尾上と早筆は建物の裏の路地に入った。

「なんの用だ」

「へっへっへ。宝三郎太夫の一件ですが、なんぞ面白い話は摑んじゃいねぇですか。瓦版の記事にしてぇんですよ」

「あるよ」

「おっ、さすがは尾上様だ！　南町で評判の切れ者同心サマ！」

「お世辞はいらねぇよ。ほら、いくら出すんだ？」

尾上は手のひらを差し出した。伊太郎が二朱金をちょいとのせる。

「足りねぇよ。宝三郎がネタの瓦版なら飛ぶように売れるんだろ？」

「しっかりしていなさるねぇ。これでどうです？」

「いいだろう」

尾上は二朱金二枚を握った手を羽織の袖に引っ込めた。声をひそめて語りだす。

「宝三郎を襲った野郎だが、芝居小屋の柱に張り紙を残していきやがった」

伊太郎は矢立の筆で帳面に書き込んでいく。

「張り紙には、なんて書いてあったんで？」

「世直し小僧えんじろう参上、だ」

「世直し小僧《こまごま》ですかい！　こいつぁ聞こえがいいや」

伊太郎は細々と事件のあらましを聞き取ると帳面を閉じた。

「恩に着やすぜ旦那！　また頼ンます！」

急いで版木を彫るのだろう。風のように走って去った。

＊

歌舞伎の芝居は早朝から日暮れまで続けられる。役に戻された由利之丞であったが、端役《はやく》なので出場はすぐに終わった。芝居小屋の三階に大部屋と呼ばれる楽屋があって、端役の役者はここで舞台衣装を脱ぐ。白粉を落とすため風呂場に向かおうとすると、楽屋番の男衆《おとこし》が呼びに来た。

「由利之丞さん、長二郎さんがお呼びだ」

由利之丞は「へい」と答えた。長二郎の楽屋はいわゆる個室になっている。暖簾《のれん》をあげて挨拶すると「お入り」と呼ばれた。

由利之丞は板敷きの上で正座した。長二郎は鏡の前で顔を作っている。白粉の刷毛《はけ》を動かしながら言った。

「お前、お役に気が乗っていないね。お役に戻されたのは良かったが、気もそぞろな芝居をされたんじゃあ、どうしようもない」

由利之丞に向かって座り直した。

「お前の芝居は気合が乗りすぎているのが欠点だった。だけど今はまったく逆だ。舞台に足がついていない。浮ついてる」

長二郎は苛立《いらだ》たしげに煙管に手を伸ばした。

「宝三郎太夫があんなことになって市村座の評判に傷がついた。今は皆で力を合わせて評判を取り戻さなくちゃいけねぇ時だ。浮ついた芝居をされたんじゃ困るんだよ。親代わりのオイラの面目まで潰す気かい」

由利之丞は平謝りに平伏するしかない。

「言い訳のしようもございません……」

「身の回りで、なにか困ったことでも起こっているのか」

それについては答えられない。由利之丞はひたすら詫び続ける。長二郎はますます眉《まゆ》をしかめた。

「養父のオイラにも言えねえことか」

「あい済みません」

「こんな芝居が続くようなら、オイラから座元様にお願いして、お前をお役から降ろしてもらうぞ」

由利之丞は唇を嚙みしめるしかなかった。

役者が出入りする楽屋口には熱心なご贔屓さんが待ち構えている。いわゆる出待ちだ。楽屋番の男衆が捌いている。強面の大男がなにを言っても熱狂した娘たちの耳には届かないので、なかなか難儀をしているようだった。

由利之丞は楽屋を出た。しかし、娘っ子たちは一人も寄ってこない。別の役者を取り巻くことに夢中だ。

由利之丞は肩を落として表通りに向かう。

「……腹が減ったな。こんな時でも、腹だけは減らぁ」

信濃の寒村で飢饉の最中《さなか》に育った胃袋はじつに強靭《きょうじん》だった。どんな状況でも食べ物を受け付ける。おかげで今日まで生き延びることができたのだが。

表通りに差しかかると、橋のたもとで瓦版売りが声を張り上げていた。

「さぁさぁお立ち会い！　上方歌舞伎の千両役者、宝三郎丈《じょう》が襲われた件の続報だよ！」

江戸っ子たちが集まってくる。

「おう、そいつが知りたかったんだ！　さっさと教えねぇ！」

職人の法被《はっぴ》を着けた男が催促《さいそく》した。近在の長屋の中からも女房衆が話を聞きつけて集まってきた。瓦版売りはいっそう声を張り上げる。

「宝三郎丈を襲った相手の素性が割れた。なんと大胆不敵にも、市村座の屋根裏に張り紙を残していったんだから驚きだ。さぁお立ち会い！　その名も、世直し小僧えんじろう！」

由利之丞はハッとした。

「事の子細《しさい》はこの瓦版に書いてある。お代は四文！　さぁ、買った買った！」

集まった人々が小銭を握って押し寄せていく。由利之丞も同じだ。揉みくちゃにされながらどうにか一枚、買い求めた。

急いでその場を離れると、恐る恐る瓦版を読む。

「えんじろう……燕二郎か。まさか……」

燕二郎ならやりかねない。昔からそうだった。弟分の平吉（由利之丞）が悪童に苛《いじ》められると、何倍も酷いやり方で仕返しをしたのだ。

「よう。どうした、浮かねぇツラぁしやがって」

突然に呼びかけられた。

河岸の土手の上に燕二郎が立っている。夕陽を背に受けて、悪ガキだった昔のままの、こまっしゃくれた笑みを浮かべていた。

「宝三郎が役を降りたお陰で、お前ぇは舞台に戻れたんだろう？　もっと嬉しそうな顔をしたらどうなんだい」

由利之丞は燕二郎を凝視した。見つめ合ったまま向かい合う。

「これ、お前か？」

瓦版を突き出すと燕二郎は真っ白な歯を見せて笑った。

「ああ、そうだぜ。たいしたもんだろう」

懐から歌舞伎の芝居絵を取り出す。

「お前ぇはこんなに小《ち》っこい扱いだ。それにひきかえオイラは瓦版一枚丸ごとの扱いだぜ！　やい平吉ッ、お前ぇも人気商売なら、瓦版一枚に取り上げられるような評判を取ったらどうなんだい！」

燕二郎は鼻をヒクつかせて得意満面だ。

「どうだい平吉、オイラの勝ちだ。お前ぇはどこまで行ってもオイラの弟分なんだよ！　弁《わきま》えたかッ」

「お前が宝三郎さんを落としたんだな」

「そうだ。だからお前は役に戻れた」

燕二郎は馴《な》れ馴れしく肩を組んできて、由利之丞をグイッと引き寄せた。

「これでわかっただろ？　安心しろよ。お前ぇを苛《いじ》める悪い奴らはオイラが片っ端から懲らしめてやる。お前ぇはオイラだけを頼りにしてればいいんだ。な？」

「ああ、そういうことか」

由利之丞は黙って考え込んだ。そうしてから言った。

「ありがとうよ兄ィ」

「わかってくれたか」

燕二郎はなにゆえか、ホッと安堵《あんど》の顔つきとなった。由利之丞の首に回して、きつく締めつけていた腕が緩《ゆる》む。

「やっぱりお前ぇは兄弟分だぜ」

「ああ。オイラにとって、昔ッから、大事な兄貴分だよ」

由利之丞は瓦版売りに群がる人々に目を向ける。

「たいしたもんだな……。みんな、世直し小僧燕二郎の話をしてる」

燕二郎は「へへっ」と得意げに鼻を鳴らして顔を擦《こす》った。無邪気な顔だ。昔と何も変わらない。

二人は連れ立って歩きだす。

「だけどよ、ちょっと困ったことになってるんだ。お前ぇを助けてぇ一心でやったことだが、仲間内で睨まれちまってな……」

「仲間？　世直し衆の？」

「江戸を離れなくちゃいけなくなった。だけど銭がなくってなぁ。田舎に隠れ住むってぇのに銭がねぇんじゃたまらねぇぜ」

「まとまった金が要《い》りようなんだな」

由利之丞は燕二郎の前に回り込んで足を止めた。

「金なら、ある所にはあるよ」

「どこにあるんだい」

「宝三郎太夫が江戸に借りてる家だ。市村座の座元様は千両の大金を太夫に渡して舞台にあがってもらったんだ。その金を隠し持ってる」

燕二郎がギラリと目を光らせた。盗っ人らしい凄《すご》みのある顔つきとなった。

「お前ぇ、その借家がどこにあるのか知ってるんだな」

「もちろんだ」

「面白《おもしれ》え！」

燕二郎は鼻息を荒くした。

「オイラとお前ぇで宝三郎の金を奪ってやろうぜ！　千両役者のお株を奪ってやるんだ、江戸中の評判となるぜ！」

由利之丞は辛い表情で頷き返した。

＊

「なんだこの瓦版は！」

南町奉行所の同心詰所で村田銕三郎が憤激している。

卯之吉と銀八が調べてきた内容が、もう瓦版になっているのだ。

よほどに急いで彫られたらしく、版木が八分割された跡があった。瓦版一枚分の版木を八分割して八人の職人が一斉に彫り、つなぎ合わせて印刷する。

「漏らしやがったのは誰だッ」

尾上は、しらばっくれて首を傾げた。

「おおかた、芝居小屋の裏方が、漏らしたんじゃねぇんですか？」

卯之吉はまったく関心がない、という顔つきで立ち上がった。

「それでは皆様、本日もお務めご苦労さまでした」

誰からも相手にされていないのをよいことに、一人で仕事場を後にした。

卯之吉と銀八が八丁堀についた頃には、辺りはすっかり暗くなっていた。銀八は常夜灯の火を借りて提灯に火を着ける。暗い夜道を進んでいく。

八巻家の役宅の前にうらぶれた影が立っていた。銀八は足を止めて提灯を翳《かざ》した。

「水谷様じゃねぇでげすか」

水谷は「おお」と答えて向き直ってお辞儀した。なにやら深刻そうな顔つきだ。

卯之吉はヒョコヒョコと歩み寄っていく。

「なにか御用ですかね。御用がなくても寄ってくださって嬉しいですけどね。まぁどうぞ、お上がりください」

「八巻殿」

「どうしましたえ。そんなに恐いお顔をなさって」

「由利之丞を助けてもらいたい！」

卯之吉は、気の抜けた薄笑いを浮かべたままだ。

「なにか、込み入った事情でもおありなんですかね」

＊

翌日の昼間。

丈の長い着流しをぞろりと着けた燕二郎が現れた。一軒の仕舞屋を物陰から窺っている。

「あの屋敷だな？」

肩ごしに振り返って確かめる。燕二郎の背後には由利之丞が立っていた。

「ああ。宝三郎さんが養生している。千両の金も大事に運び込んでいるはずさ」

「ふん、元は商人の家かな？　高い塀で囲っていやがるぜ」

燕二郎は盗っ人の目で見定めていく。そして「よし」と頷いた。

「押し入るぜ」

由利之丞は厳しい顔で燕二郎を凝視した。

「今からかい？　夜になるのを待たないのか」

「夜中に押し入るなんてこたぁ、盗っ人なら誰でもできる。オイラは江戸で評判の世直し小僧燕二郎だぜ。白昼堂々《はくちゅうどうどう》押し込んで世間をアッと言わせてやるのさ」

「役人に追いかけられるよ。闇に紛《まぎ》れて逃げることもできない」

「誰がオイラを捕まえられるってんだ」

得意気に「へっ」と鼻を鳴らした。それから由利之丞の顔を覗き込んできた。

「怖《お》じ気《け》づいたのかよ？　お前ぇは変わらねぇな。〝泣き虫平吉〟のまんまだ。まぁ任せておきな。こういう時のための兄貴分だからな」

燕二郎は着流しを脱いだ。その下には軽業の衣装を着けていた。袖も裾も短く、派手な緋色《ひいろ》の襷《たすき》を掛け、同じ色の股引《ももひ》きをはいている。

「オイラの名を揚げてやるぜ！　お前ぇなんかにゃ負けねぇ！」

近くから竹竿を拾ってくると塀の近くに立てた。スルスルとよじ登り始める。もちろん竹竿は固定されていない。倒れないように均衡《きんこう》を取りながら登っていくのだ。てっぺんまで達すると、その場で逆立ちまでして見せた。

「これが世直し小僧燕二郎だ、良く見ておけ！」

言い放つと高い塀を越えて仕舞屋の中へ飛び下りた。

その仕舞屋はずいぶんと金のかかった造りであった。柱や濡れ縁《えん》に上等な木材が使われている。節穴《ふしあな》が一つもなかった。

燕二郎はかまわず土足で乗り込んで障子を開けた。屋敷の中は静まり返っている。

「宝三郎の野郎、昼寝の最中《さいちゅう》か。いいご身分だぜ」

ほくそ笑むと襖《ふすま》を開けつつ奥へと進んだ。宝三郎を見つけ出し、刃物を突きつけて千両の隠し場所を白状させる。そう目論《もくろ》んでいた。

いちばん奥の座敷に布団が敷いてあった。宝三郎らしき男が上掛けを頭までかぶって横たわっている。

「誰だい？」

布団の中の男が問いかけてきた。燕二郎は得意気に鼻をツンと上向かせて名乗りを上げた。

「世直し小僧燕二郎だ！　弟分が受けたいじめの仕返しにきたぜ！」

布団に手を掛けて勢い良く引き剥がそうとした。そして、「ううっ？」と声をあげた。

腕をガッチリと摑まれたのだ。節くれだった大きな手だ。役者のものとは思えない。

その男は上掛けを自分で払った。

「よくぞ名乗ったな世直し小僧！　そんならオイラも名乗ってやらぁ。荒海《あらうみ》ノ三《さん》右衛門《えもん》、八巻の旦那の一ノ子分だ！」

「なんだとッ」

振り払おうとしたが、相手の男は馬鹿力だ。

「世直し小僧燕二郎、神妙にお縄につきやがれッ」

柔術の技で投げる。燕二郎を畳に叩きつけようとした。しかし、燕二郎もさる者だ。畳に片手をついて一回転すると、座敷の隅に着地した。

周囲の障子が勢い良く開けられる。荒海一家の子分たちと、水谷弥五郎が仕舞屋を取り囲んでいた。

三右衛門が啖呵を切る。

「手前ぇはなぁ、八巻の旦那が周到に張りめぐらせた罠《わな》にはまったのよ！　逃げも隠れもできねぇぞ！」

同心姿の卯之吉がヒョイと顔を覗かせる。

「あんたが世直し小僧の燕二郎さんかぇ」

まったくの物見遊山気分。評判の軽業師を見る顔つきなのだが、悪党の目には〝辣腕《らつわん》同心の余裕〟のように見えてしまう。

子分たちの中から一人の老人が踏み出してきた。燕二郎の顔色が変わった。

軽業師の元締め、鳶ノ半助だ。険しい形相で、かつての弟子を一喝《いっかつ》した。

「芸人仲間の面汚《つらよご》しめ！」

燕二郎は歯噛みした。

「平吉の野郎、兄弟分のオイラを裏切りやがったな！」

「実の兄弟も同然だったお前を、お役人に指《さ》さなきゃならなかった平吉の気持ちを考えろッ」

老軽業師は突然にブワッと涙を流し始めた。

「俺だって、手前ぇのことを、我が子も同然に……」

「うるせえっ！」

燕二郎は懐の匕首《あいくち》を引き抜いた。

「オイラは世直し小僧燕二郎だッ。江戸で評判の世直し様だいッ。軽業の老い耄《おいぼ》れ風情《ふぜい》が説教なんかするんじゃねぇ！」

自棄っぱちになって斬りかかる。水谷がかばって前に出た。刀の鍔《つば》で受けた。刀は抜かずに鞘ごと突き出して鍔で弾いたのだ。

いかに軽業の名人でも、武芸では太刀《たち》打ちできない。水谷からすれば、刀を抜くまでもない相手であった。

荒海ノ三右衛門が子分たちに向かって吠えた。

「畳んじまえッ」

「おう！」

子分たちは白木の六尺棒を一斉に構える。燕二郎は逃げる。書院窓の障子を突き破って庭に出た。

「待ちやがれッ」

三右衛門と荒海一家も走り出る。燕二郎は追い立てられて屋根の上に逃れた。

江戸の町中《まちなか》――商家の立ち並ぶほうへ、屋根づたいに逃げていく。

「追えッ、追えッ」

三右衛門が吠える。荒海一家は屋根を見上げながら通りを走った。

燕二郎は瓦を蹴立《けた》てて逃げる。と、その行く手に、浅草寺奥山の軽業師たちが大勢で現れた。屋根の上を逃げるに違いないと予見して、待ち構えていたのだ。

軽業師なら屋根の上でも容易に走る。

荒海一家の子分たちが六尺棒を構える。燕二郎は「くそっ」と叫んで隣家の屋根へと飛び移った。

鳶ノ半助も叫んだ。

「オイラたちの仲間内から出した不始末だ。八巻様だけにお手を煩《わずら》わせちゃならねぇぞ！　オイラたちの手でとっ捕まえろッ」

軽業師たちに命じる。軽業師は次々と屋根を飛び移った。燕二郎はますます追い詰められ、逃げ場を失ってうろたえた。

「くそっ」

火の見櫓の梯子に飛びついて上っていく。梯子の下は荒海一家に取り囲まれた。三右衛門が叫ぶ。

「もう逃げ場はねぇぞ！　降りてきやがれッ」

燕二郎は悔しさを顔いっぱいで表した。が、何を思ったのか、半鐘を打ち鳴らしはじめた。

半鐘は非常時の警報だ。近在の町じゅうから大勢の人が集まってくる。燕二郎は引き攣《つ》った笑顔を浮かべた。

「とざい東西〜！」

町人たちに向かって大声で語りかける。

「これよりご覧にいれまするは、南町の八巻様の大捕り物にございまする〜！」

町人たちがざわつく。

「八巻様だって？」

「あちらが八巻様かいッ」

同心姿の卯之吉を見つけてますます騒ぎ立てた。

燕二郎は口上《こうじょう》を続ける。

「火の見櫓の上に控えしは、手前ぇで名乗るもおこがましいが、ただいま評判の大泥棒、世直し小僧燕二郎にござぁーい！　さぁさぁ皆様お立ち会い、江戸一番の八巻様が見事に燕二郎を捕らえるか、それとも燕二郎が逃げきるか、天下の大一番にござーい！」

三右衛門が憤激する。

「野郎ッ、ふざけやがって！」

蔦ノ半助は悲痛な顔つきとなって首を横に振った。

「燕二郎の野郎、死ぬつもりだ……」

野次馬たちが「おおっ？」とどよめいた。燕二郎が火の見櫓のてっぺんで逆立ちする。火の見櫓の高さは三丈《さんじょう》（約九メートル）はある。さらに片手を上げて見せた。

「鯉の滝登りにござーい！」

技の名を告げる。

「皆様、拍手ご喝采！」

いかに軽薄な江戸っ子でも、捕り物の最中に悪党を褒めそやしたりはしない。皆、固唾《かたず》を飲んで見守っている。町中が静まり返っている。

しかし燕二郎の耳には拍手喝采の幻聴が聞こえているようだ。

「ありがとうござい！　ありがとうござい！」

笑顔で上げた手を振り返した。

由利之丞も見上げている。それに気づいた燕二郎が得意顔で言い放った。

「どうだい、オイラの人気を見たか！　もう二度と、手前ぇなんかに大口は叩かせねぇぞ！」

鳶ノ半助は目をきつく閉じて首を振った。

「見ていられねぇ。八巻の旦那、お願《ねげ》ぇしやす。やっちまっておくんなせぇ」

我が子同然に燕二郎を育てた親方の頼みだ。

水谷弥五郎が代わりに「うむ」と答えた。刀の柄から小柄を抜くと、手裏剣のように投げつけた。片手で逆立ちしていた腕に刺さる。燕二郎は呻いた。

「どうやらオイラの悪運もこれまでだぜ。お集まりの皆さま、これより高さ三丈からの飛び下り芸をご覧にいれまする〜。この大業《おおわざ》にて、世直し小僧燕二郎、千秋楽にございまする〜！」

櫓の上から身を投げた。野次馬たちが悲鳴を上げる。ドウッと地面に落ちる音がした。

「どけッ、どけッ」

三右衛門と荒海一家が野次馬たちをかき分ける。

卯之吉は歩み寄ってしゃがみ込み、蘭方外科医の目で診察した。そしてすぐに首を横に振る。燕二郎はまだ息をしていたが、手の施《ほどこ》しようもなかったのだ。

鳶ノ半助も首を何度も振った。

「あんな高さから飛び下りちまったら、どんな軽業師でも助かりゃしねぇ」

由利之丞は涙を流した。

「こんなので江戸の評判を取って、いったいなんになるってのさ……」

村田銕三郎が捕り方を引き連れて駆けつけてきた。野次馬を叱りつけ、追い払った。燕二郎を運ぶための戸板を抱えた番太も来る。

騒然とする中で、由利之丞はいつまでもその場に立ち尽くしていた。

＊

江戸城の表御前の畳廊下を裃《かみしも》姿の甘利備前守が進んでいく。将軍の御座所《ござしょ》に入ると敷居を隔《へだ》てて平伏した。将軍に向かって報告する。

「ちかごろ江戸を騒がせし凶賊、世直し小僧燕二郎を始末いたしました」

「始末とは」

「南町奉行所の捕り方が追い詰めたところ、火の見櫓から身を投じて死んだとの報せがございました」

「うむ。重畳《ちょうじょう》である。して、その素性はいかなる者か」

「軽業師の一座を抜けて盗賊に身を堕《お》とした者だと知れました。上様」

「なんじゃ」

「軽業の芸人たちは、仲間内から不心得者を出したことを恥じいり、燕二郎の捕縛のために奔走《ほんそう》いたしました。燕二郎の捕縛には多大なる功績があったとの由《よし》。なにとぞ芸人たちへの処罰はご勘弁くださいまするよう、備前守より願いあげ奉りまする」

「もとより罰するつもりはない。芸人たちの心意気、余は嘉《よみ》するぞ。よくぞしてのけた。余が褒めていたと伝えるがよい」

「ハハッ」

将軍はなにやら一枚の紙を手に取り、目を落とした。政務に関わる判物《はんもつ》（書類）かと思ったら、そうではなくて、なんと、瓦版であった。

「宝三郎なる役者の芝居、たいそうな評判。江戸の町人たちが押し寄せておるようじゃの」

「は……はは っ」

「そのほうも、見に行ったのであろう？」

「ハッ……ハハッ、畏《おそ》れ入った次第にございまする……」

額に汗を滲ませて平伏するしかない。

「う、上様におかれましては、歌舞伎芝居などにご関心をお寄せとは……」

将軍は面白そうに笑った。

「民の喜びを余の喜びと成《な》せ、と訓戒《くんかい》したのはそのほうであろう。芝居に人が押し寄せ、楽しみを謳歌しておるのはなによりじゃ。政を執り行うは辛いことばかりじゃが、骨を折った甲斐《かい》があると申すもの」

「ますます畏れいりまする」

甘利は平伏し、将軍はさらに楽しげに笑った。

＊

由利之丞は詮議のために何度か大番屋に呼ばれたが、卯之吉の口利きもあって取り調べから解放された。

由利之丞は舞台に戻った。宝三郎の怪我も癒《い》えてお役を務めている。燕二郎に襲われたことが大きな話題となり、ますますの大入り盛況であった。

出場を終えた由利之丞が風呂場で化粧を落としていると、宝三郎の付き人が声をかけてきた。

「由利之丞はん、太夫がお呼びや」

由利之丞は（なんだろう）と不安になった。また芝居が良くないと叱られるのだろうか。

戦々恐々としながら浴衣を着て楽屋に向かう。通路で両膝をついた。

「太夫、お呼びでしょうか」

「ああ、呼んだえ」

宝三郎は鏡に向かって貌《かお》を直していたが、立ち上がり、由利之丞の前までやってきた。

「飴、あげよう。手ぇお出し」

紙の袋から飴玉を一個摘まみ取ると、由利之丞の手のひらにのせた。

「行ってえぇで」

「へい。ありがとうございます」

由利之丞は頭を下げて宝三郎の楽屋を後にした。


「宝三郎太夫から飴をもらったそうだな」

今度は長二郎の楽屋に呼ばれた。長二郎も鏡に向かっている。由利之丞は楽屋の隅で正座していた。

「頂戴しました。……でも、どういうわけで、もらったのか――」

「そんなもの、ご褒美にきまってるだろう」

「オイラが燕二郎の捕縛に手を貸したからですかい」

「違うよ。お前の芝居は変わった。目立ちたい、名を揚げたい、評判を取りたいという、浅はかな欲が消えてなくなった」

長二郎は座布団の上で座り直して由利之丞に身体の正面を向けた。

「評判や名声ってのは良い仕事にくっついてくる〝おまけ〟だ。良い仕事をすれば勝手に評判は上がるもんだ。評判ってヤツは、手前ぇで手に入れようと焦ったところでどうにもならねぇ。評判を取ろうとして仕事をするのは順序が逆だ。燕二郎って野郎は、そこのところを心得違《こころえちが》いしていやがったんだ」

由利之丞はコクッと頷いた。今なら長二郎の言うことが理解できる。

長二郎はいつでも険しい面相をしているが、この時ばかりは由利之丞の顔つきを見て、わずかに笑みを浮かべた。

「芸に生きるオイラたちにとって、名声や評判ってのは魔道《まどう》なのさ。油断してると道を踏み迷う。魔道に誘い込まれちまう。十分に気をつけることだよ」

由利之丞は江戸の町中を歩いている。橋のたもとでは瓦版売りが声を枯らして叫んでいた。

「さぁさぁお立ち会い！　世直し小僧燕二郎、最期の顚末《てんまつ》だ。八巻様の大捕り物だよ。さしもの怪盗も八巻様には敵《かな》わなかった！　さぁ、買った買った！」

町人たちが群がって買い求めていく。

「どうだい平吉、オイラの評判はたいしたもんだろう。江戸中のみんながオイラの噂をしていやがるぜ」

燕二郎の得意気な笑い声が聞こえた。もちろん空耳だ。

由利之丞は大きく息を吸い込んだ。見上げれば、高い高い火の見櫓が見えた。

「兄ィ。オイラもう、二度と足を踏み外さないよ」

由利之丞はそう呟くと歩きだした。今日も二丁町は大勢の客で賑わっている。木戸の前で客を呼び込む声。ツケ打ちの音が軽やかに聞こえた。

第二章　利根川《とねがわ》決壊　化け物現る

一

登城《とじよう》の刻限を報せる太鼓の音が轟《とどろ》き渡った。江戸城の大手門を目指して大名行列が進んでくる。

参勤交代で江戸に出てきた大名たちは、毎日、江戸城の御殿《ごてん》に詰める。江戸城は巨大な〝役所〟だ。御殿の廊下は大名と旗本たちでごった返す。出勤の混雑はいつの時代も変わらない。

そんな中、最優先で通行するのが老中である。国持《くにもち》大名であっても足を止め、会釈《えしやく》して道を譲《ゆず》る。旗本などは、その場に正座して平伏せねばならなかった。

江戸城本丸の表御殿。甘利備前守が悠然と歩《ほ》を進めて来た。廊下の交通整理をするのはお城坊主の役目だ。

「甘利備前守様、お渡りにございまするぅ〜」

大名、旗本たちに注意を促す。大名は足を止めて廊下の端に寄る。旗本たちはその場で正座した。

そんな中で、一人だけ憤然と突っ立っている男がいた。尾張徳川家附家老、坂井主計頭正重である。

「坂井様、ご老中様のお渡りにございまするぞ」

重ねて注意されて、ようやく坂井は道を譲った。向こうから甘利備前守がやってくる。坂井はその場に正座して低頭した。

伏せた顔の前を甘利が通りすぎていく。坂井の顔はどす黒い色に染まった。

将軍は〝黒書院《くろしょいん》〟と呼ばれる部屋で熱心に政務を執《と》っていた。机を複数並べて、小姓が差し出す書類に署名、花押《かおう》を押していく。署名前の書類と署名済みの書類がそれぞれの机に山積みだ。小姓《こしょう》たちも忙しく働いていた。

病弱で寝こむことの多かった将軍だが、病の癒えた今は、病臥《びょうが》中の政務の遅れを取り戻すべく奮闘している。

黒書院は、将軍の座る上段ノ間から一段下がって二ノ間がある。老中の甘利が入ってきた。静々と二ノ間に進んで平伏した。

将軍は挨拶もほとんど省略して、質した。

「日光《にっこう》社参の準備は進んでおるか。公領には糧食《りょうしょく》の供出《きょうしゅつ》と秣《まぐさ》の用意、街道整備の助郷《すけごう》を命じてあるが、首尾《しゅび》よく進んでいようか」

日光社参とは、将軍が日光東照宮に参詣することをいう。一般家庭の法事に相当した。日光には家康《いえやす》の亡骸《なきがら》が眠っている。

将軍家の法事となればただでは済まされない。大名や旗本など、万を超える人数がお供をする。彼らが宿泊するための旅籠《はたご》や、食事、馬の餌などが大量に必要とされた。新たに橋を架けたり、渡し舟を新造するなどの用意も必要だった。

甘利の顔色は優れない。顔を伏せたまま答えた。

「準備は粛々《しゅくしゅく》と進められておりまする」

「うむ。大儀《たいぎ》である!」

将軍は上機嫌に頷いた。しかし、甘利が難しい顔をしているので、急に表情を曇らせた。

「なんじゃ甘利。なんぞ申したきことがあるのか。将軍への直言《ちょくげん》は老中の務めだ。申したきことがあるならば腹蔵《ふくぞう》なく申すがよい」

甘利は決死の顔つきで、目を将軍に据えた。

「しからば、物申しまする。こたびの日光社参、撤回はできませぬでしょうか」

「なんと申す。余が言い出したことを曲げよと申すか」

「幸いにして、いまだ天下に公示はいたしておりませぬ。今、取りやめになさいましても、上様のご面目に傷はつきませぬ」

将軍は露骨に不機嫌な表情となった。

「なにゆえ、そうまで反対いたすか」

「ただ今、公領の民は、三年続きの長雨で窮しておりまする。ここでさらなる負担を強《し》いれば、農村の暮らしが破綻《はたん》いたしまする」

将軍は「むむむ」と唸った。プイッと横を向く。

「考えておく。下がれ」

甘利備前守は平伏して、退いた。

退出した甘利と入れ違いになるようにして、尾張家附家老の坂井正重がやって来た。

坂井は朗らかな笑みを浮かべている。

「尾張徳川家の家臣一同、上様の社参にお供することを楽しみにいたしておりまする。噂に名高い陽明門《ようめいもん》を早く見物したいものだと、一日千秋《いちじつせんしゅう》の思いで待ちわびておりまするぞ」

　将軍の表情もつられて緩む。

「さもあろう。余も、尾張家の家中《かちゅう》と楽しみを共にしたいと願《ねご》うておる」

　しかし将軍の表情に冴えはない。甘利に反対されたことが心に引っかかっている。

　坂井が（おや？）という顔をした。

「いかがなされましたか上様。なんぞ御意に沿わぬことでもございましたか」

「他ならぬ日光社参についてじゃ。反対する者がおる。公領の民が疲弊しておる今、このような費《つい》えは避けるべきだ、とな……」

「なにを仰せなさいまする。その者は、ものの道理を解《げ》しておりませぬぞ。公領の民が疲弊しておる今だからこそ、日光社参を大々的に挙行し、下々《しもじも》の難儀を救わねばならぬのです」

　坂井は熱弁をふるう。

「ご公儀は旅の途中で銭を使いまする。銭を手に入れた領民は、窮乏から救われるのでございます。領民たちは誰しもが上様のお情けに歓喜し、涙を流して喜ぶに相違《そうい》ございませぬ」

積極的な景気刺激策だ。

将軍は次第に身を乗り出して「うむ！」と大きく頷いた。

坂井は笑みを浮かべる。

「いったいどこの痴《し》れ者《もの》が、道理も弁えず、愚かな苦言を呈したものか……。はたしてその者、幕閣に籍を置くに相応しい人物でございましょうか」

将軍は口をへの字に曲げる。

「余も、日頃よりその者のことを、頼りないと思うておるのだ」

「将軍家の弥栄《いやさか》を思いますれば、蒙昧《もうまい》なる人物の処遇も考えねばなりませぬ。上様のお側《そば》より遠ざけることこそ肝要かと。……あいや！　これはとんだ差し出口にございました。それがしの忠義心より出た言葉にございまする。なにとぞご容赦を」

将軍は不快そうながらも（一理ある）と思ったのか、坂井に向かって頷き返した。

＊

関東の大平原《だいへいげん》には徳川家の公領（直轄領）のおよそ四百万石が広がっている。関東平野は元々は湿地や湖沼《こしょう》であり、縄文《じょうもん》時代には海だった場所もある。徳川幕府の大予算を投じた利根川東遷《とねがわとうせん》工事によって水の流れを操作して、湿地を豊かな水田へと変えたのだ。

関東平野の真ん中に立って北を向けば日光連山《れんざん》が望める。家康の亡骸と魂を祭った日光社はその山並みの麓にあった。東を向けば筑波山《つくばさん》が見える。西を望めば、遥か遠くに富士山《ふじさん》の美しい山容が見えた。

平野のまっただ中を一本の街道が延びている。一人の娘が駆けていた。容貌の涼やかな美少女だ。歳は十代の半ば頃。髪は〝垂らし髪〟にして首の後ろで束ねてあった。

江戸時代に垂らし髪は珍しい。農家の娘でも髷《まげ》を高く結《ゆ》って櫛《くし》や簪《かんざし》で留めておく。少女が髷を解いて垂らしているのは、結った髷が走るのに邪魔だからだ。

桜色の小袖《こそで》に藤色のカルサン袴《ばかま》を穿《は》いている。カルサン袴は裾を短く切り詰めて膝の下で紐で結ぶ（大相撲の呼び出しが着けている袴）。これまた駆け回りやすさを優先した着付けだ。

娘は左手に弓を持ち、靫《うつぼ》を腰につけていた。靫は矢の入れ物だ。

畦《あぜ》に建つ小屋には馬が繋がれてあった。田圃《たんぼ》を耕す鋤《すき》を引くために飼われている。

「アオ、おいで」

娘は馬の手綱《たづな》を手に取ると馬の背に飛び乗った。

「アオ、走れ！」

馬を叱咤《しった》して鬣《たてがみ》を手でパシッと払う。アオは少女を乗せたまま走り出した。

村の名主《なぬし》の銀兵衛《ぎんべえ》は、村の様子を見て回っていた。

銀兵衛は五十六歳。人生五十年の時代にあっては高齢だ。丸顔で背が低く、ちょこまかと小刻みに足を運んで歩く。

背後には村の乙名《おとな》を三人ばかり、引き連れていた。

銀兵衛は農民であったが羽織《はおり》を着ている。丈の短い袴を穿いて、腰には短刀を差していた。農民の身分でも名主ほどにも偉くなると苗字と帯刀《たいとう》が許される。

名主とは、西日本でいう庄屋《しょうや》のことだ。村を統治する〝見做《みな》し役人〟である。農村では、農民の五軒が〝五人組〟を作り、五人組の三〜五組を乙名と呼ばれる豪農が支配している。そして乙名の三人ほどをまとめて支配しているのが名主であった。

そして名主は代官《だいかん》（江戸から派遣された役人）からの指図《さしず》に従う。このようにして江戸時代の農村は幕府に支配・管理されていたのだ。

銀兵衛は不安そうな表情で歩を急がせた。彼方に巨大な土塁が見えた。高さは三丈（約九メートル）もある。近づけば見上げる高さだ。そんな巨大な盛り土《もつち》が延々と東西に築かれていた。

もしも銀兵衛に異国の知識があったなら『万里《ばんり》の長城のようだ』と感じたに違いない。

これが利根川の洪水を防ぐ堤だ。徳川幕府が開闢《かいびゃく》以来、営々と築きつづけてきた〝防水の要〟であった。

銀兵衛は苦労して堤の法面《のりめん》（斜面）を登った。堤の上に立つ。

視界に利根川の川面《かわも》が飛び込んできた。

「ああ、なんたるこったべぇ」

水位が異常に上がっている。三丈の堤のギリギリまで水が満ちていた。大水《おおみず》が波を逆立てる。強風は吹きすさび、波音が辺りに轟いた。

増水した利根川はまるで巨龍だ。堤が決壊したならば、たちまちにして公領の村々を一呑みにする。

乙名の一人が声をかけてきた。

「これ以上、雨が降り続けば水が堤を乗り越えるべぇ。大水（洪水）になるだ。銀兵衛さん、ご公儀に報せて、救いの手を打ってもらわなくちゃならねぇ」

銀兵衛も緊張しきった顔つきで頷いた。

洪水を防ぐ手段はない。が、洪水が起こった時、すぐに村人を救済する用意をしておくことはできる。

「江戸のお役所に文を送るだ。ご老中様が、きっと善処してくれるに違《ち》ぇ《げ》ねぇ」

しかし乙名は首を傾げた。

「筆頭老中様は甘利様だけんど、あまり良いご評判は聞かねぇだぞ。毒にも薬にもならねぇ昼行灯《ひるあんどん》だと言われとるべぇ」

別の乙名も不安を隠さぬ顔つきだ。

「こんなご時勢だってのに、日光社参の手伝いを命じてくるようなお人だべ。オラたちの窮状を理解してくださるかどうか、心もとねぇだ」

甘利は日光社参には反対しているが、将軍が進める事業であるから、老中の名で農民たちに奉仕が命じられた。

農民たちの目には甘利が暴挙の推進者のように見えてしまう。

銀兵衛も甘利への懸念は共有している。厳しい面相で頷いた。

「甥《おい》の銀八にも文を送るだ。皆も知ってのとおり、銀八は南町の八巻様にお仕えしておるだ。八巻様のお使いで、老中様のお屋敷にも出入りしておるっちゅう話だからな」

それは本当の話なのだが、大きな誤解が潜んでいそうである。

ともあれ誤解をもとにして乙名たちは大喜びをした。

「銀八さんを頼るのがええだ。名主さんは良い甥御さんを持った！」

大げさに褒められて銀兵衛は照れくさそうに頷いた。

「南町の八巻様と、銀八が、きっとなんとかしてくれるだ」

念仏のように繰り返した。と、その時であった。馬の駆ける足音が勇ましく近づいてきた。銀兵衛と乙名たちは振り返る。野の中を馬が走っている。背には少女が跨《また》がっていた。

乙名の一人がすぐに気づいた。

「あれは、銀兵衛さんの孫のお初《はつ》さんだべ」

お初は馬を走らせ続ける。弓に矢をつがえてキリキリと引き絞った。

「ヤーッ！」

矢を放つ。矢は大きな音を響かせて飛んだ。野に潜んでいた野鳥が驚いて一斉に飛び立った。

銀兵衛は慌てて堤を駆け下りる。お初と馬の前に立って両手を広げた。

お初は手綱を引いて馬を止めた。

「お爺様！」

鞍《くら》からヒラリと降りて笑顔を向けた。銀兵衛は渋い表情だ。

「馬から矢など射おって、どういうつもりだべ！　この辺りにはお狩場もあるだぞ。矢が間違って鶴に当たったら打ち首だべ！」

鶴を狩ることが許されているのは将軍だけだ。将軍の我《わ》が儘《まま》というよりは、野生動物の保護が目的だった。

お初は反省した様子もない。腰の靫から矢を摑みだしてグイッと突きつけた。

「鏃《やじり》のついていない鏑矢《かぶらや》だもの。畑に蒔いた種を啄《ついば》む鳥を追い払ってるだけ」

鏑矢は射ると「ピューッ」と大きな音を立てて飛ぶ。その音で鳥を脅して追い払う。

「沼地や野原が水に沈んで、鳥が田畑に集まってるよ。追い払わないと米や野菜をどんどん食べられてしまう。ますますお米が取れなくなるじゃないか」

言っていることは理に適《かな》っているけれど、銀兵衛としては頷けない。

「お転婆《てんば》なお前の姿を村中に、いいや、下総の国中に知られてしまうべ。嫁の貰い手がなくなっちまうだぞ！」

お初は馬に飛び乗った。手綱を引いて馬首《ばしゅ》を巡らせる。

「オラは村の男と結婚しない！　心に決めた男が江戸にいるんだ！」

威勢よく馬に声をかけて駆け出した。馬を励まして走らせつつ、得意の鏑矢を放った。田畑の鳥を追い散らしていく。

銀兵衛は頭を抱えた。

「ああ、どうしてあんな娘に育ってしまったのか……。孫の可愛さに負けて、ねだられるがまま、玩具《おもちゃ》の弓矢など買ってやったのが間違いの始まりだ……」

お初が七歳の頃、村の神社の縁日での話だ。後悔しても取りかえしがつかない。

＊

深夜の静寂と闇が江戸の町を包んでいる。三国屋の庭をおカネが静々と歩いてきた。

金蔵の前には腰掛けが置かれている。水谷弥五郎がドッカリと座って、寝ずの用心棒を務めていた。

「これはおカネ殿。見回りか。案ずることはない。わしがこのようにしっかりと見張っておる。何者といえども外からの侵入を許すものではない」

水谷は胸を張って答える。頼りがいのあるところを見せつけて用心棒の給金を吊り上げたいところだ。

おカネは手燭《てしょく》の火を四方の暗がりに向けた。

「用心しなきゃならないのは外から入ってくる者だけじゃないよ」

「と言われると？　なにに用心せよと申すか」

「ここから抜け出そうとする者だよ。卯之吉さ」

おカネは水谷をキッと見据える。

「卯之吉は、隙あらば深川や吉原に行こうとする。店の金を持ち出すんだ。盗っ人より質《たち》が悪い。気を抜くんじゃないよ！」

「こ、心得た……」

おカネは用心深く見回りながらどこかへ行ってしまった。水谷は首の周りの冷や汗を手拭いでぬぐった。

「やれやれ。あんな叔母がいたのでは、八巻殿も難儀なことだなぁ」

卯之吉は三国屋の奥座敷で算盤《そろばん》を弾いている。帳簿に数字を書きこみ、銭箱の残金を確認した。

そこへ銀八がおどけた物腰で入ってきた。

「真面目《まじめ》にお仕事に励むなんて珍しい。空から小判が降ってくるかも知れねぇでげすな！」

卯之吉はウンザリした顔つきだ。

「あたしもパーッと小判を撒きたい心地だよ。叔母様はどうしていなさるかね」

「抜かりなく見回りをなさっておいででげす。抜け出すのは無理でげすなぁ」

「遊びに行けないなんて、あたしはなんのために生きてるのかね」

卯之吉はため息をもらす。

「毎日毎日金ばかり稼いで、稼いだ小判が金蔵に積み重なっていく様を眺めているだけ、なんてねぇ……」

「とんでもねぇ悩みがあったもんでげす」

なるほど、こういう家に生まれてしまったら、金銭感覚もおかしくなるのに違いない。

「それはそれとしてでげすね、若旦那」

銀八は膝を進めた。

「あっしの親戚ってのは、みんな下総で百姓をしているんでげすがね」

「うん」

下総国は江戸に近い。江戸に出稼ぎにくる者が多かった。銀八もその一人だ。

「下総には公領があるでげす。南北町奉行所の御料地もあるでげすよ」

そこからあがる年貢米と税金で町奉行所が経営されているのだ。与力や同心の給料たる切米《きりまい》もそこで取れる。

「叔父《おじ》からの手紙が届いたんでげすが、この長雨で下総の田圃は水浸し。利根川の堤が切れそうで手の打ちようもねぇってんでげす」

卯之吉はいつの間にやら、身を乗り出して耳を傾けている。

卯之吉という男は万事に無関心、無責任なのだが、他人の難儀だけは真面目に受け止める。

「大変だねぇ。あたしに何か、できることはないかねぇ」

「堤の修築や田圃の水抜きに銭が要るんでげす。あっしの叔父貴《おじき》が言うには、お代官所には金がない。江戸の金貸しに借りるしかない、ってんですが……」

突然におカネが入ってきた。

「耳寄りな話を持ち込んできたじゃないか！　褒めてやるよ」

「へっ、へい！」

おカネは文机《ふづくえ》を前にして座る。

「その話が本当なら、ご公儀が動き出すだろう。公領の田圃が駄目になったら徳川家の屋台骨が傾いちまうからね」

おカネは天井の方に目を向けてニヤリと笑った。頭の中で計算高いことを考えている顔つきだ。

「この機を逃さず、こっちから金を貸しつけてやろうじゃないか。ご公儀に貸しを作る好機さ。さっそく甘利様に文をしたためようかね」

筆を取ってなにやら意見書を書き始めた。

「機を見るに敏《びん》でげす」

「商人ってのは恐ろしいもんだねぇ」

他人事のように卯之吉が言っている。

二

深夜である。掘割の水が波を立てながら流れている。天空から降り注ぐ月光を反射して窓の障子を照らし上げていた。

ここは世直し衆の隠れ家だ。今夜も一味の者たちが十人ばかり集まっていた。行灯も蠟燭もつけておらず、室内は真っ暗だ。しかも全員が黒頭巾と覆面で顔を隠していた。誰が誰やらわからない。一味の者たちにも見分けがついていなかった。

黒覆面の一人が皆に訊ねた。

「今夜は、頭目殿《とうもくどの》は来ておらんのか」

別の誰かが答える。

「世直しで忙しいのであろうよ」

揶揄《やゆ》する口調だ。別の誰かの声が応じる。

「あの男、本気で世直しを志しておるのか」

「我らが盗み取った金を惜しみなく貧乏人どもに撒いてしまう」

「お陰でオイラたちは素寒貧《すかんぴん》だ。なんのために危ない橋を渡っているのか、わかりゃしねぇや」

覆面で声はくぐもっている。ますます誰が喋っているのかわからない。それでも一味の者たちが濱島与右衛門に不満を託《かこ》っていることは、伝わってきた。

世直し衆などと高邁《こうまい》な理想を謳《うた》い上げていても、集まってきた者たちのすべてが理想家だとは限らない。世の中を逆恨みし、自分の不幸を他人のせいにして、悪事で憂《う》さ晴らししようとする不逞《ふてい》の輩《やから》も多かった。

黒覆面の一人が腕組みをして考え込む。

「仲間たちは次々と南町の八巻に討たれておる。噂に違《たが》わぬ凄腕の同心だ」

「我らとて油断はできぬぞ」

ここで若い町人の声が提案した。

「なぁ旦那方。いつまで義賊の真似事なんかをしてるんだい」

浪人らしい男が武士の言葉で答える。

「なにが言いたいのだ」

「決まってらぁ。これだけ腕のある男たちが揃ってるんだ。そろそろ世直しは返上してさ、悪行三昧《あくぎようざんまい》の盗っ人一家を旗揚げしたらどうだい、って言ってるのさ」

「ふん。わしも同じことを考えておったところよ」

「俺もだ」

皆の同意の声がした。

と、そこへ尾張家附家老の坂井正重が入ってきた。一味の者たちは慌てて居住まいを正して平伏した。

坂井は一同をじっくりと見回してからドッカリと座った。

「なんの悪巧みをしておったのか」

先頭に座った男が空々しい口調でしらを切る。

「悪巧みなどと、滅相もござらぬ」

坂井は「ふん」と鼻を鳴らした。

「咎《とが》めておるのではない。その方どもの意気軒昂《いきけんこう》、まことに結構。わしがお前たちに命じておる〝世直し〟も所詮は悪行だ。悪行をためらわぬお前たちの覚悟こそ、頼もしい」

悪党たちの影が揺れた。「おおーっ」と歓喜の声が洩《も》れる。

「やっぱり殿様は大悪党だったのかい。そうこなくっちゃいけねぇぜ」

若い町人の声だ。お調子者のようだ。

坂井は冷やかな目で一同を見ている。

「お前たちの心根は、しかと確かめさせてもらった。心底《しんてい》からの悪党だと見込んだからこそ、今宵《こよい》、ここに呼び集めたのだ。これからは濱島とは別に働くがよい。盗んだ金はすべて勝手にしてよいぞ」

「ありがてぇ！」

「左様《さよう》ならば我らはこれより、殿のお言葉のみに従わせていただく」

悪党たちは沸き返った。ところがである。一人が首を傾げさせて言った。

「しかれども、八巻が江戸におったのでは盗っ人稼業も儘《まま》なりませぬぞ」

一同は瞬時に静まり返った。陰鬱な空気に包まれる。

別の悪党が同意する。

「八巻のみならず南町奉行所も油断がならぬ。我らは次々と仲間を討たれ、あるいは捕縛された。なんとかせねば先行きは真っ暗だ」

悪党たちは黙り込んだ。しかし坂井はまったく顔つきを変えていない。いつものように冷笑を浮かべていた。

「打つ手は考えておる」

浪人身分の黒覆面がズイッと身を乗り出した。

「どのような手を考えておいでなのか、お明かし願いたい」

坂井はひとつ頷くと、悪党の一人に命じた。

「公領の地図を持って参れ」

黒覆面の一人が前に出てきて、畳の上に大きな地図を広げた。悪党たちは地図を囲んで座り直し、一斉に覗き込んだ。

坂井が説明する。

「これは下総国の地図だ。北の国境《くにざかい》に利根川が流れておる」

(下総国は千葉県の北部および茨城県の一部。常陸国《ひたちのくに》は茨城県である。県境は今も利根川だ)

坂井は扇子《せんす》を手にして、地図上に描かれた利根川の線を示した。

「今、利根川は長雨の水を満々とたたえておる。頑強で巨大な堤によって、かろうじて洪水を防いでおるのだ。もしも今、その堤を崩したならば、どうなるか」

悪党が覆面の下で喉をゴクリと鳴らした。

「どうなるのです」

「溢れ出した大水が下総の公領に流れ込む。公領の田畑《でんぱた》は水に沈み、年貢米の稲は流され、あるいは腐り果てよう」

稲はデリケートな植物で、冷たい川の水や川砂が流れこむと、たちまち育成を止めてしまう。秋になっても米を稔《みの》らせることがない。

「農村の暮らしは根本《こんぽん》から崩される。年貢が納められなければ徳川将軍家も立ち行《ゆ》かぬ。将軍の困り顔が目に浮かぶぞ。将軍の不興を向けられる先は老中だ。責めは甘利が負わされる」

坂井は次第に興奮してきて、カラカラと不気味に笑った。

「もはや日光社参どころではない。それでも社参を強行せんとすれば公領で一揆《いっき》が起きようぞ。甘利めは無能老中の汚名を青史《せいし》に書き残され、万世《ばんせい》まで汚名を被《かぶ》ることになるのだ！」

青史とは歴史のこと。幕府が記録して書き残す公式文書のことだ。

悪党の一人が首を傾げた。

「なるほど老中の甘利は進退窮《きわ》まりましょう。されど、我らの盗賊稼業となんの関わりがありましょうか」

「わからぬのか。下総の洪水は、南北の町奉行所を弱らせるための策でもあるのだ。下総には南北町奉行所の御料地があるのだからな。年貢米が乏しくなれば、町奉行所は満足な働きができぬようになる」

「左様でござるか？」

「南北の町奉行所に市中見回りの同心（警察官）は二十四人しかおらぬ。少人数で江戸中に目を光らせることができるのは何故《なにゆえ》か。目明かしたちを傭っておるからだ」

同心には手先となる者がいる。目明かし、岡っ引き、下っ引きと呼ばれる人たちだ。

卯之吉にとっては荒海一家が手先に相当する。卯之吉にそのつもりはまったくないが、三右衛門と子分たちは熱心に働いている。

つまり同心たちの定数の、何十倍もの捜査員が存在しているのだ。

彼らを働かせるためには、大量の金銭が必要だった。その金が滞ったらどうなるか。町奉行所の警察活動が麻痺してしまう。

坂井は不気味に笑った。

「お前たちのやりたい放題じゃ。甘利めの慌てふためく顔が目に浮かぶわ」

悪党たちも頷きあった。覆面で見えないけれども笑顔を交わしているのに相違なかった。

浪人言葉の武士がズイッと身を乗り出す。

「されど坂井様。利根川の堤を崩して決壊させる、と仰せになられましても、いかにすればよろしいのか。堤は巨大。頑丈に築かれておりまするぞ。容易には崩せませぬ」

「抜かりはない。策はすでに講じてある」

坂井は首をよじって背後に顔を向けた。障子戸の向こうに真っ暗な廊下がある。

「参れ！」

一人の男が入って来た。悪党たちにジロジロと目を向けながら、あぐらをかいた。

四十歳ほどの痩せた男だ。貧相な顔つきだが目だけはやたらと力がある。

坂井が紹介する。

「火薬師《かやくし》の辰次《たつじ》だ。足尾《あしお》の銅山で火薬を扱っておった」

鉱山では厚い岩盤を火薬で粉砕する。そのための専門技術を身につけているのが火薬師だ。

坂井は皆に悪巧みを説明する。

「頑丈に築かれし堤も、火薬を使えば瞬時に崩すことができようぞ。お前たちはこれより二手に分かれる。一ノ組は密かに火薬を運ぶのだ。辰次が堤に仕掛けて吹き飛ばす。公領で大水の騒動が起これば、町奉行所は必ずや浮き足立つ。その隙を突いて二ノ組は江戸で盗みを働くがよかろう」

町人の若い男が歓喜の声を上げる。

「面白くなってきたぜ！　大暴れしてやらぁ」

無礼な態度であるが、この隠れ家では坂井も咎めない。腹黒い笑みを浮かべるばかりだ。

悪党たちも勇み立つ。

「ようし、やるぞ！」

「八巻に一泡ふかせてくれようぞ。討たれた仲間の意趣返《いしゅがえ》しだ！」

「おう！」

皆で拳を突き上げて盛んに意気を揚げたのであった。

八丁堀《はっちょうぼり》にはその名のとおりに長さ八町（約八七三メートル）の堀がある。堀の周囲に与力や同心の役宅が建てられて、今では〝八丁堀〟は同心の別称にまでなっている。

＊

夜が明けた。美鈴《みすず》は日の出とともに起き出して、八巻家の役宅の雨戸を開ける。

昨夜《ゆうべ》も卯之吉は帰って来なかった。

しかしこれまでとは事情が異なる。

今までの卯之吉は、吉原や深川の夜遊びが理由だった。しかし今は三国屋の仕事があるから帰って来ない。

三国屋の主人の徳右衛門《とくえもん》は幕府の命《めい》を受けて甲斐国《かいのくに》に向かった。徳右衛門の留守を任された、ということで、卯之吉が実家に戻されたのだ。甘利備前守、たっての願いだと美鈴は聞かされた。

美鈴には理解できない理屈だ。卯之吉が三国屋に戻ったところで江戸の経済が好転するとも思えない。

甘利備前守も、卯之吉の能力を勘違いしている一人に違いない。

いずれにせよ美鈴は独りである。誰もいないこの役宅を一人で守っていかねばならない。

美鈴は女武芸者だ。一人暮らしだからといって不安なことは何もない。しかし、誰もいない家で暮らすのは、寂しいうえに虚《むな》しかった。

箒《ほうき》を持ち出して役宅の前の道を掃いた。おカネに仕込まれた掃除の作法だ。

道を掃き終えた美鈴が役宅内に戻ろうとすると、そこへノッソリと人影が近づいてきた。

美鈴は顔を向けた。

「沢田様。おはようございます」

その人影は南町奉行所の内与力、沢田彦太郎であった。美鈴はちょっと驚いた。

「どうしたんです。お顔の色がとても悪い……」

「う、うむ。わしの顔色はそんなに悪いか」

沢田は美鈴の前で立ち止まって動かない。なにか話があるらしい。用件がなければ通りすぎて行ってしまうはずだ。

沢田は何度も眉根を寄せて、首を傾げてから、話しだした。

「そなたは、そのう……知っておるのか？」

「なにをです」

「あー、菊野が、だな……」

「菊野さんがどうしました」

「花嫁修業をしておる」

「花嫁修業？」

「本人がわしにそう言ったのだ」

「お嫁入りが決まったんですか」

「嫁入り先は、だな……」

沢田は頭を抱えて「うわーっ」と唸った。

「み、三国屋なのだ」

美鈴も仰天した。

「三国屋ッ？　というと、お相手は？」

「卯之吉に決まっておろうが！　お前はどうするのだッ。それで良いのかッ」

美鈴は首を横に振った。

「……そんな！　菊野さんが、どうして……？」

「おカネの差し金だッ。卯之吉と菊野を添い遂げさせようと画策しておるッ」

美鈴の脳裏に、にっこりと微笑みを交わして仲むつまじくする卯之吉と菊野の姿が浮かび上がった。あまりの衝撃に大声を張り上げる。沢田を思いきり突き飛ばして役宅に飛び込むと、戸をピシャリと閉めた。

台所の水瓶《みずがめ》の横に屈《かが》み込む。杓《しゃく》に水を汲《く》んでゴクゴクと飲んだ。

プハーッと息を吐く。

「そんな、そんなことって……」

もはや立ち上がる気力もない。水瓶にしがみつくばかりであった。

三

下総国の只中《ただなか》をお初が馬で進んでいく。冷たい風が吹いていたが、ものともしない。大きな声で馬を励まし、田圃を野鳥が食い荒らしているのを見れば、すかさず鏑矢を放った。

男勝《おとこまさ》り、などという謂《い》いを超えた振る舞いだ。野中の道を悠々と進む。すると道の先に、男たち五人ばかりが集まっているのが見えた。

お初はまったく恐れなかった。皆、村の者だ。馬の蹄《ひづめ》をカツカツと鳴らしながら歩み寄った。

村人たちが気づいた。ほっかむりの手拭《てぬぐ》いを外して頭を下げる。

お初も馬から下りた。

「どうした、みんな。浮かない顔だな」

村人の一人が「へい」と答えて語りだした。

「熊蔵《くまぞう》が帰《け》ぇって来ねぇんだ。いつもみてぇに旅人の荷運びの手伝いを請け負ったんだけんど……」

貧しい農家の男たちは、旅人の荷運びの手伝いをして現金収入を得ている。

「こんぐれぇの大きさの木の箱を――」

村人は両腕で一抱えほどの大きさを示した。

「ふたつ、熊蔵の牛の背に乗っけてよぉ、運んでいっただ。もうすぐ暗くなるってのに、戻って来ねぇのはおかしかんべぇ」

お初は話を飲みこんで頷いた。

「わかった。オラがみつけて来よう」

お初の一人称はオラである。関東の農村部では普通だ。

馬に跨がろうとすると男たちが慌てて止めた。

「今にして思えば人相の悪い男たちだったべ。悪党かもわからねぇぞ。迂闊《うかつ》に近づいたらお初様の命も危ねぇ。首を突っこんだりはせず、お役人様に報《しら》せたほうがええだ」

しかしお初は同意しない。

「相手は自分の足で旅をしてきて、熊蔵の牛を借りた。こっちは馬だ。相手が悪党だったとしてもオラを捕まえられるはずもねぇ。それっ、走れアオ！」

「待つだ、お初様！」

「名主の銀兵衛さんに叱られるだぞ！」

心配する男たちを振りきってお初は駆けだした。

一日中吹いていた風が夜になるとピタリと止まった。下総国は風が強い。日光山や筑波山から風が吹き下ろす。

ところが、なぜか陽が落ちると風は止む。

名主屋敷の門前では篝火《かがりび》がいくつも焚《た》かれていた。

名主屋敷は垣根で囲われていた。所々に切れ目がある。そこが屋敷の出入り口だ。夜にもかかわらず松明《たいまつ》を手にした農民たちが盛んに出入りしていた。名主の銀兵衛が門前を行ったり来たりしている。落ち着きのない姿だ。今日は裃《かみしも》を着け、短刀を腰に差していた。それが名主の正装であった。

銀兵衛は盛んに伸び上がって夜道を見る。

「お役人様たち、あまりにも到着が遅かんべぇ。どうしちまったんだべぇか」

銀兵衛の周囲には村の乙名たちもいた。乙名たちは裃ではなく、羽織袴の姿だ。

皆で装束《しょうぞく》を整えて江戸の役人が到着するのを待っている。しかし、一日中待っても来ない。夜になっても来ない。さすがに心配になってきた。

乙名の一人が銀兵衛に声をかける。

「本当にお役人様は来るんだべぇか。ご老中様の気が変わったんじゃねぇかな」

権力者の気分次第で政策はころころと変わる。今回もそれではないか、と案じたのだ。

銀兵衛は「そんなこたぁねぇだ」と答えた。

「オラの甥っ子の銀八は、『八巻様と三国屋の若旦那さんが老中様を説き伏せてくれた』と文を寄越《よこ》して来ただ。間違いねぇ。お役人様はきっと来てくださるだよ」

　するとようやく、村外れに延びる道の彼方《かなた》に松明が見えた。炎が揺れながら近づいて来る。

「そうら、来なすっただよ」

　銀兵衛が言い、乙名たちはホッと安堵《あんど》の息を吐いた。

　松明持ちの家来に先導させた騎馬武者が二騎、名主屋敷の前に到着した。

「出迎えご苦労！　わしは勘定奉行所、勘定役、川久保甚左衛門《かわくぼじんざえもん》！」

「普請《ふしん》奉行所、普請方改役《ふしんかたあらためやく》、遠藤定助《えんどうさだすけ》！」

　武士の二人が名乗りを上げた。勘定奉行所から工事予算の算定《さんてい》のために派遣された役人と、普請奉行所から工事の計画を練るために派遣された役人だ。

　名主の銀兵衛は恭しく頭を下げて出迎えた。

「遠路遥々《えんろはるばる》の御出役《ごしゅつやく》、まことにかたじけのうございまする」

　勘定役の川久保が「うむ」と答えた。

　武士の偉さは石高《こくだか》で決まる。勘定役のほうが普請方改役より石高が高い。よって遠藤を控えさせて川久保が喋る。

「遠路であることももちろんだが、悪路《あくろ》でもあったぞ。溢れた水によって街道は寸断され、渡し舟は流されておった。ひどい難儀だ。こんな夜更《よふ》けの到着になろうとは思わなんだぞ」

「お見立ての通りの災難でございます」

銀兵衛はますます頭を下げる。

「水は田畑にも流れ込んで参ります。なにとぞ、この地の民をお救いくださいませ」

「わかっておる。聞けば、利根川の堤が切れかかっておるそうじゃな」

「仰せの通りにございます」

「この目で見たい。案内いたせ」

銀兵衛は驚いた。

「この夜更けに、でございますか？」

「ご老中の甘利様よりの厳命《げんめい》だ。現地に着到《ちゃくとう》したならその日のうちに巡察《じゅんさつ》せよ、とな」

甘利も、まさか夜中の着到になるとは思わなかったのであろう。

こんな夜中に川面を見に行ったところで何も見えない。空は雨雲で覆われて月明かりもない。

それでも命令は命令だ。杓子定規に守るのが役人というものである。〝言われた通りにその日のうちに見に行きました〟という名分《めいぶん》が通ればそれでいいのだ。銀兵衛は農民の一人に案内を命じた。役人二人は「すぐに戻る」と言い置いて、利根川の堤へと馬で進んだ。引き連れてきた家来たちも一緒だ。武士であるから弱みは見せぬが、さぞ辛いであろうと思われた。

迎える現地の農民たちも辛い。さっさと風呂にでも入れて、飯を食べさせ、酒を飲ませて寝かしつけてしまいたい。それが終わるまでは農民たちも自分の家に帰れない。

ともあれ銀兵衛は屋敷の下男《げなん》と下女《げじょ》たちに指図する。

「飯も風呂も冷まさねぇように気をつけべぇ」

薪や炭がよけいに消費されてしまう。まったく踏んだり蹴ったりだ。

台所から一人の女房がやって来た。小作人《こさくにん》の妻で銀兵衛の屋敷では下女として働いている。

「名主さん、お初さんの姿が見えねぇんだけんど？　辺りが暗くなってきたのに戻ってこねぇぞ」

「ああ、それは心配いらない。余所《よそ》に行っているようにわしが言いつけた」

銀兵衛は悩ましげな顔になった。

「お役人様はみんな酒癖が悪い。お初を見たらきっと、酌をしろ、などと言いだすだぞ」

役人たちは行政の裁量権を笠に着て、やりたい放題だ。

「大人しく酌をするお初じゃねぇだ。お役人様に逆《さか》ねじを食わせたりしたら、大変なことになるべぇ」

役人を怒らせたら村は破滅だ。だからお初を遠ざけることにしたのである。長雨の飢饉と洪水の危機で神経を磨《す》り減らす毎日なのに、孫娘のことでさらに悩まされる。銀兵衛は胃の痛そうな顔をした。


夜の闇の中、お初は馬を進めていた。畦道《あぜみち》は細く、長雨でぬかるんでいる。迂闊に走らせればぬかるみにはまり、馬の足を折ってしまうかもしれない。

地蔵の祠《ほこら》がある。柿の木が植えられていた。お初は馬から下りて手綱を木に結《ゆ》わえつけた。

「ここで大人しくしているだぞ、アオ」

一人で身を屈めながら進む。彼方に提灯の明かりが見えた。

「……利根川の堤の上で……なにをしてるんだべ？」

熊蔵と彼を雇った旅人は、堤の上まで木箱を担ぎ上げたらしい。そんな所に船着場はない。旅人の目的がまったくわからない。

丈《たけ》の高い夏草が生えている。お初はその陰に隠れて様子を窺い続けた。

銀兵衛と乙名たちは門前で役人たちの帰りを待つ。冷たい風が吹いてきた。そのうえ雨まで降ってきた。

まったく酷い難儀だ。皆、口数も少なく立ち尽くしている。

と、その時であった。突然、夜空に閃光《せんこう》が走り抜けた。銀兵衛たちは驚いて目を向けた。

「稲光《いなびかり》だべぇか」

乙名の一人が言う。次の瞬間、轟音《ごうおん》が耳をつんざいた。その場の全員が腰を抜かした。名主屋敷では家具が倒れる音、皿が割れる音がして、下女の悲鳴がそれに続いた。

「あっ、ありゃあなんだべ！」

乙名の一人が彼方を指差す。別の一人が仰天した。

「化け物だべぇ！」

闇の彼方――ちょうど堤のある辺り――で、巨大な何かが立ち上がった。それはガマガエルの肌のようにブクブクとしていて、真っ黒だった。

その何かは背伸びをするように身を反り返らせた。そして激しく火を噴いた。

銀兵衛と乙名たちは悲鳴をあげた。腰を抜かしたまま立ち上がることもできず、四つんばいのまま逃げ出した。

お初は見た。利根川の堤が崩れて大量の水が溢れてくる。堤の土手を下って真下の田畑に水が流れ落ちた。まさに怒濤《どとう》の勢いだ。

お初は急いで柿の木に戻る。手綱を取って馬に飛び乗った。

「アオッ、走れ！」

轟音を背後に聞きながら必死に逃げた。

＊

翌朝、本丸御殿の畳廊下《たたみろうか》を、甘利備前守が血相を変えてやって来た。殿中《でんちゅう》の畳廊下は摺《す》り足《あし》で歩かねばならない決まりになっている。よって、足《た》袋《び》の裏を素早く擦りつつ両足をつけたままで急ぐ。

甘利は将軍の執務室に入った。将軍が驚いて顔を向けてきた。甘利の物腰はそれほどまでに異常であったのだ。

「いかがした」

将軍が問う。甘利は正座して平伏してから言上《ごんじょう》した。

「利根川の堤が決壊いたしましてございまする！　公領の田畑に大水が流れ込んでおるとのよし、急報が届きましてございまするッ」

将軍も顔色を変えた。

「なんじゃと！　して、被災のほどはいかに」

甘利は報告を続ける。

「報せが錯綜《さくそう》いたしておりまする。いかほどの被害が出たのかは、いまだ詳《つまび》らかならず。公領の領民たちは取り乱しておる様子にて、悪《あ》しき風説《ふうせつ》も流れておりまする」

「風説とは、どのような」

「それがその……」

「はっきりと物を申せ！」

「堤を崩したのは、身の丈が十丈（約三十メートル）の大化け物だと……」

「なに？　大化け物だと？」

「彼の地《かち》の名主や乙名たちは、そのように申しておるようでございまして。大勢で確かに見たと証言しておりますので、あながち偽りとも思えず……。名主ともあろうものが公儀に嘘を伝えるはずもございませぬので。いかに受け止めれば良いものやら……」

聞かされた将軍もさっぱり意味がわからないが、報告している甘利にも何を言っているのかわからない。

「して？　余は何をすれば良いのじゃ。化け物退治の豪傑《ごうけつ》たちを送るのか」

「いや、それは、いかがなものかと……」

ともあれ続報を待とう、ということになった。

利根川決壊の報せは尾張徳川家の江戸屋敷にも届いた。

坂井の座敷に腹心《ふくしん》の部下が報せに来た。縁側で正座して子細を伝えると一礼して去った。

坂井はニヤリとほくそ笑む。

「辰次めが、見事にしてのけたわ！」

腹の底から喜びが湧いてくる。坂井は下総の地図を広げた。筆を取ると決壊箇所に印をつけた。水没した箇所に水色の絵の具を塗っていく。

筆を運びながらどす黒い笑みが広がった。

「だが、まだ足りぬ。二度、三度と堤を崩し、公領のすべてを水底に沈めてくれようぞ！」

＊

「さぁさぁお立ち会い！　下総にでっかい化け物が現れたよ！」

江戸の市中、橋詰《はしづめ》に立った瓦版売りが大声を張り上げた。

「身の丈が十丈もある大化け物！　口から火を噴いて暴れ回ったってんだから驚きだ！」

集まってきた町人たちが疑わしげな目を向ける。野次まで飛んだ。

「やいッ瓦版屋！　作り話を広めるのはいつものことだが、それにしたって程度があるぜ。こちとら先祖代々の素《す》ッ町人《ちようにん》だが、本草学《ほんぞうがく》ぐらいは習っていらぁ」

本草学とは博物学のことである。

八代将軍の吉宗《よしむね》が推奨したおかげで自然科学が世に広まった。ゾウやラクダを輸入して見せ物にし、小石川には薬草園を作ったほどに吉宗は動植物学を熱愛した。卯之吉が蘭学を学ぶことができるのも、元はといえば吉宗のお陰だ。

「今の世の中、大化け物を信じる野郎がどこにいる。江戸っ子を見くびるんじゃねぇや!」

江戸っ子たるもの、本草学の聞きかじりぐらいはしていないといけない。こういうところに意地を張るのが江戸っ子だ。

瓦版売りはまったく動じない。得意げに言い返した。

「根も葉もない噂話をわざわざ瓦版に刷るもんかよ。聞いて驚くな! 化け物が噴く火に当てられて、お役人様が二人もおッ死《ち》んじまった。公領見廻りのお旗本だぞ! お供の衆も大勢が死んだり怪我したってぇ大騒動だ。なんなら番町《ばんちょう》のお屋敷を覗いてみねぇ。忌中《きちゅう》の張り紙が下がっていらぁ」

「おいおい、本当なのかよ」

町人たちの顔つきも変わる。

瓦版の記事には風説書き(デマや作り話)も多いが、そういうヨタ話は、どこで誰が遭遇した事件なのか、わからないように書かれている。

しかし『実在する旗本が事件で死んだ』と報じるのであれば話は別だ。実事譚《じつじたん》（ノンフィクション報道）だと信用できる。

「さぁ買った！　将軍家が始まって以来の怪事件だ！」

町人たちは争って瓦版を買い求めていく。押すな押すなの大騒ぎとなった。

銀八が通りかかった。卯之吉に命じられてのお使いの帰りだ。騒動に気がついて足を止めた。

「化け物でげすか。若旦那がお好きそうな話でげす」

銀八は巾着《きんちゃく》に手を突っ込んで小銭を摑み取ると瓦版売りに歩み寄った。

「一枚おくれ」

買い取って歩きながら読み始めた。挿絵《さしえ》も描いてあった。真っ黒でイボだらけの怪物が立ち上がり、口から火を噴いている。

まったく信じられない。作り話にしたって稚拙《ちせつ》だ。銀八は薄笑いを浮かべた。

だが、読み進めるに連れてその面相が緊張で引きつっていく。

「……た、大変だぁ～！」

叫ぶなり三国屋に向かって突っ走っていった。

「若旦那ッ、一大事でげすよッ」

三国屋の座敷に向かう。卯之吉は町人姿で座敷に座っていた。銀八に顔を向ける。

「お前も一大事かい。こちらもだよ」

同じ座敷には内与力の沢田彦太郎がいた。卯之吉と対面して座っている。沢田が「ウオッホン」と咳払いした。銀八は慌ててその場で平伏した。

おカネが分厚い帳簿を手にして入ってくる。沢田の前できちんと正座して、帳簿を開いた。

「下総にある町奉行所の与力様御給地《ごきゅうち》は、合わせて一万石余り」

おカネは帳簿を指し示す。与力様御給地とは、与力の給料となる年貢米が取れる田圃のことだ。

「南町の与力様御給地は上総国《かずさのくに》、山辺郡《やまべごおり》に十七ヶ村、下総国香取郡《かとりごおり》に五ヶ村、それと埴生郡《はぶごおり》と千葉郡《ちばごおり》にもございます」

幕府の運営に関わることなので、正確に帳簿に記載されている。

卯之吉も沢田も頭の切れる男たちなので話についていっているが、銀八はその場に控えているだけで頭が痛くなってきた。

「年貢米は江戸に運ばれて札差《ふださし》が金に換えるんだけれど、この様子だと八千石は水に流されてしまったろうね」

おカネが言って、沢田が顔をしかめた。頭痛がするのかこめかみの辺りを揉んだ。

「与力たちへの給金の支払いに障りが出るのか。困ったぞ。給金八割減で暮らしてゆけ、などとは、とても言えぬ」

卯之吉は訊いた。

「同心様へのお給金の支払いはどうなるんですかねぇ」

与力は幹部職員で、同心はヒラの職員に相当する。沢田は答えた。

「同心への給金は町奉行所の入用金《にゅうようきん》（経費）より出される。昨年の入用金は七千八百五十三両であった」

「へぇ！　ずいぶんとかかるものですねぇ」

他人事のように言う。沢田はカッと頭に血を上らせた。

「お前が冬場に暖を取るために炭を燃やしまくるからではないかッ」

「まさかご冗談を。炭代だけでそんなにかかるわけがないでしょう」

卯之吉はヘラヘラと笑っている。

「倹約せよと申しておるのだッ」

そこへ菊野がお茶を掲げて入ってきた。

「あらあら。賑やかですこと」

「おお菊野か」

大好きな菊野の登場に沢田は一瞬、顔を綻《ほころ》ばせかけたのだが、菊野が三国屋にいる理由が花嫁修業であることを思い出して表情をこわばらせる。

おカネは男たちのやりとりなど見てもいない。

「利根川の堤が壊れて公領の田圃が駄目になった。どうするんだい、彦坊。予算のやり繰りはあんたの仕事だろう」

「かくなるうえは、江戸の市中に〝白州金《しらすきん》〟を命じるしかあるまい」

「町人に金を上納させようってのかい」

町奉行所は、どうにも予算に窮すると町人たちに上納金を課した。これを町人たちは御白州金と呼んでいた。

その言葉に菊野が鋭く反応する。

「ちょっと旦那！　深川の門前町にも上納を命じるおつもりじゃあありますまいね」

沢田は困りきった顔つきだ。

「上納を命じるとあれば、まず第一に吉原、深川、江戸三座の歌舞伎小屋。致し方があるまい！」

本当ならば幕府の重役たちは、吉原も深川も歌舞伎芝居も〝風紀を乱す〟という理由で取り潰したくて仕方がない。目溢《めこぼ》ししてやる代わりに、儲《もう》けた金を上納しろ、という乱暴な理屈だ。

吉原の遊女は、地方の農村の困窮した家から二両や三両で買われてくる（名目は奉公で得られる供与《きようよ》の前渡しということになっている）。その遊女が身請けされる時には、千両の金が吉原に支払われる。膨大な差額はどこへ行くのか、というと、吉原自体の経営にも使われたであろうが、ある程度の割合で町奉行所に上納されていたらしい。町奉行所の経費となっていたのだ。

実態を知る菊野が憤慨したのはそういう理由だ。

「この不景気で、そのうえ御白州金まで巻き上げられたんじゃあ、吉原も深川も芝居小屋も商売あがったりですよ！」

菊野に睨まれた沢田は冷や汗まみれで言い訳する。

「町奉行所がなくなったなら、困るのは町人であろうが！」

「町人あっての町奉行所ですよッ？」

「町奉行所があってこそ、町人の暮らしが成り立つのだ！」

やいのやいのと言い合う二人を尻目に、卯之吉は銀八に顔を向けた。

「お前の一大事ってのは、なんだい」

「へい。その大水に流された村なんでげすが、あっしの叔父貴の銀兵衛が名主を務める村でげした」

「へぇ！　それは難儀だねぇ。それで、その瓦版は？」

「利根川の堤が切れた顚末だってんでげすが、なんだかよくわからねぇ話なんでげす」

銀八は瓦版を差し出した。

「……化け物だって？」

読み進めるに連れて卯之吉の目の色が変わっていく。興奮で鼻息を荒くした。

四

卯之吉は若旦那の格好で町中を歩いていく。その姿を見て南町の八巻様だと思う者はいない。

八巻を演じる幸千代《ゆきちよ》が目立つ姿で暴れ回ったおかげで、八巻様は短気で凶暴な振る舞いをする人だ、と町人たちには印象づけられている。そういう理由で変装がばれる心配がなくなった。

南町奉行所の門前に差しかかる。すると不思議な光景が目に飛び込んできた。

脇門から大勢の小者たちが出て行く。全員が旅装《りよそう》だ。奉行所に向かって一礼すると踵《きびす》を返して、足早に、東を目指して去っていった。

「あれはなんだぇ」

卯之吉は不思議に思って訊ねた。銀八が答える。

「下総に帰るんでげすよ。江戸で武家奉公する者は、下総の出が多いんでげす。利根川の堤が切れて、出水《でみず》で死人が大勢出たでげすから、葬式に戻らなくちゃいけねぇんでげす。葬式がなくても親族の難儀に駆けつけよう、って話でげす」

武家奉公人も葬式と災害の時には休暇を頂戴できる。

町奉行所の小者や、同心に仕《つか》える目明かしたちが次から次へと出てきて、下総へ向かって旅立っていく。

呑気な卯之吉も、さすがに心配の顔つきだ。

「あんなにたくさんの人に帰られてしまって、町奉行所はやっていけるのかい」

卯之吉は荒海一家を訪れた。ヤクザの子分たちに迎えられて奥の座敷に上る。

三右衛門と対面した。

「人集めを頼みたいのさ。大変なことになっちまってねぇ……」

「利根川の堤が崩れた一件ですな。堤の修築に人手が要《い》りやしょう。人集めに努めさせていただきやすぜ」

「そうしてもらえるかね。ところで親分」

卯之吉は瓦版を差し出した。

「こんな化け物に、心当たりはないかね」

三右衛門は瓦版を読んだ。

「身の丈が十丈？　こいつは鯨《くじら》ですな」

「鯨？　親分は鯨を見たことがあるのかい」

「あっしはガキの時分、外房《そとぼう》の船乗りでやした。でっけえ鯨を何度も目にしたもんですぜ。たまに浮かび上がってブワーッと潮を吹くんですがね、その鯨ときたら千石船の何倍もの大きさがありやしたぜ」

「ほほう」

「鯨の野郎が銚子《ちょうし》から利根川に入り込んで暴れやがったのに違ぇねぇですぜ。火を噴いたように見えたのも、おおかた潮吹きの見間違えでしょう」

「なるほどねぇ。うん、鯨の大きな身体なら、堤だって崩せそうだね」

卯之吉は瓦版を受け取って、もう一度挿絵を眺め直した。

「これは流言飛語《りゅうげんひご》というものでしょう。公儀に対する憤懣《ふんまん》をかこつ者たちが、公儀に対する批判を籠めて流した作り話に違いござらぬ」

濱島与右衛門はそう言い切った。

ここは洲崎十万坪《すさきじゅうまんつぼ》の荒野《こうや》、濱島の学問所である。濱島と卯之吉が向かい合って座っている。濱島の手には、卯之吉が持参した瓦版があった。

卯之吉は訊ねる。

「作り話……ということは、先生は、そんな生き物はこの世にいない、とお考えなのですかね？」

「そうです。わたしはこのような生き物を知らない」

「鯨じゃないんですかね」

「鯨も時には川を遡《さかのぼ》りますが、立ち上がって火を噴いたりなどしない。いかに鯨が巨体であろうとも、人が築いて突き固めた堤を崩せるとは思えない」

「そう言われると、違うような気もしてきましたねぇ」

「ここまで大きな生き物がいるのなら、噂としてでも伝わっているはずでしょう。我々は獅子やサイや大猩々《だいしょうじょう》（オランウータン）を見たことがない。しかし書物《しょもつ》では知っています。異国の学者が書いた本がありますから」

濱島は立ち上がると、書棚から分厚い本を取って戻ってきた。ページを開いて卯之吉に見せる。オランダ語で書かれた動物図鑑であった。

「おお！　これは！」

卯之吉はたちまち興味を惹かれた。目を見開き、食い入るようにして読み始めた。

濱島は喋り続ける。

「遠い異国の生き物が書き記されていますが、残念ながら、この化け物に似た生き物はいません。そもそも後ろ足で立ち上がることのできる動物はごく僅《わず》かです」

濱島は目を彼方に向けた。

「世に悪《あ》しき風説が流れるのは、ご政道に問題がある時です。庶民は悪しき噂を流すことでご政道への憤懣を訴える。この化け物は、下総の農民たちの怨嗟《えんさ》の声であるとわたしは考えます」

卯之吉は聞いていない。ページを捲《めく》るのに夢中になっている。

それに比べて濱島は深刻そのものの表情だ。

「化け物はともあれ、利根川の堤が決壊したことは事実なのですね」

卯之吉は本に目を向けながら答える。

「公領の田畑や村々に水が押し寄せているそうですよ」

途端に濱島は満面に憤怒を立ち上らせた。膝をグイグイと進めてくる。

「公儀は、何をしているのです！」

「これから下総にお役人様の検見《けみ》（調査）が入って、復興の仕様書《しようが》き（計画書）が作られます。人手が必要になるのはその後でしょうね」

「公儀はあてになるのですか！　わたしは居ても立ってもいられぬ心地だ」

卯之吉も濱島の異様な態度に驚いている。

「そうですねぇ。先生の測量の技術が役に立ちそうですけれど……」

「公儀の役人たちは能もないのに自尊心だけは高い。わたしが口出しすることを許すはずがない。嗚呼《ああ》……わたしには能力があっても為《な》す術《すべ》がない。口惜《くちお》しいかぎりです」

濱島は袴を拳で握り締めて身を震わせた。そのうち涙まで流し始めた。

卯之吉と銀八は学問所を後にした。

「濱島先生はなんだかお怒りだったけれど、どうしたのかねぇ。ご機嫌が悪かったんだろうかね」

銀八は、卯之吉との付き合いで、変わり者には慣れている。卯之吉の周囲には変わり者しか寄って来ないからだ。

「そうじゃねぇでげしょう。濱島先生にはやる気と才があるのに、ご活躍の出番がない。そこに憤ってるんでげす」

「ふ〜ん。あたしにはそのお気持ちはわからないねぇ」

(若旦那はご自分に才覚があっても、才覚があることに気づかないお人でげす)

と、銀八は思った。

銀八は振り返る。

(濱島先生は、ウチの若旦那とは正反対のお人柄でげすなぁ)

雨が降りだした。銀八は傘を開いて卯之吉にさしかけてやった。

＊

美鈴が江戸の町中を歩いている。ガックリと疲労しきった顔つきだ。足どりもおぼつかない。地に足がついていない。風に吹かれる幽霊のようにフワフワと菊野の仕舞屋《しもたや》の前に立った。

戸口に陽除《ひよ》けの暖簾がかかっている。薄い麻布《あさぬの》に淡い色が染めてあった。軒には風鈴が下げられている。品の良い植木鉢も飾ってあった。

美鈴はため息をもらした。女としての格の違いを見せつけられて落胆したのだ。自分では、どうやっても菊野のようには、なれそうにない。そう感じて絶望した。

「おや。どうしたんだい、そんな所に突っ立ってさ」

背後から声をかけられた。道に菊野が立っている。笑顔をこちらに向けていた。

道を照らした日差しがまぶしい。それ以上に菊野がまぶしく感じられた。美鈴は目を瞬《しばたた》いた。

菊野は笑顔で首をちょっと傾げる。

「冴えない顔をしてるねぇ。なにか悩み事でもあるのかえ」

悩みの原因は菊野なのだが、本人に向かって言うのも憚《はばか》られる。

「まぁ、お入りなさいな」

菊野は仕舞屋に入った。美鈴はすでにして帰りたい心地だったのだが「帰ります」と言うのも逃げ出すようで嫌だ。菊野の後ろに続いて屋内に入った。

簾《すだれ》の下がった涼しげな座敷で、美鈴と菊野は向かい合って座った。

菊野は笑みを浮かべていた。小首を傾げて美鈴の顔を覗き込んでいる。

「あたしに何か訊きたいことがあるのかい？　そういうお顔をしているよ」

美鈴は俯いていたが、意を決して口を開いた。

「沢田様から聞きました」

「何を？」

「菊野さんは、卯之吉様のお嫁さんになるのですか」

「えっ」

菊野は目を丸くさせた。次に「ぷっ」と吹き出して笑い始めた。

「沢田様から聞いたのかい。それは可笑《おか》しいねぇ」

美鈴はズイッと身を乗り出した。

「笑って誤魔化さないでください！　本当なんですか」

「嘘に決まってるじゃないのさ。このあたしが卯之さんのお嫁さんだって？　あぁ可笑しい」

菊野はひとしきり笑った。美鈴はふくれっ面で見つめている。

菊野は胸を押さえた。笑いすぎて痛くなってきたらしい。息を整えてから答えた。

「あたしはね、誰のお嫁さんにも、なりゃあしないよ」

「本当ですか」

美鈴は疑わしげな顔だ。

「本当さ。卯之さんに限った話じゃない。誰かの女房になるなんて、まっぴら御免だよ」

菊野は真面目な顔つきになった。

「あたしにはね、芸者の腕と意地がある。女一人で今日まで生きてきたし、これからも一人で生きていく。それがいちばん性に合っているのさ」

菊野は美鈴の目をじっと見つめた。

「誰かの女房になって、その人の家に入って、一日中家にいて、夫が帰ってくるのを待つだけの人生なんて、あたしには我慢できないのさ」

菊野はかたわらに置いてあった三味線を手に取る。

「毎日毎日お座敷に立って、その日の一日、自分を燃やし尽くして生きる。誰かを支えたいとか、支えられたいとかは思わない。芸者が務まらないほど歳をとったら身体も弱っているこったろう。老いに差しかかったなら流行《はや》り病《やまい》でコロッと死ぬのさ。それが江戸っ子ってもんだよ」

医学と薬学が未発達で人は簡単に死んでいく。体力が衰え始める四十代に最初の大病を経験する人は多いが、たいていそれが命取りとなって死ぬ。老後を経験できる人間は滅多にいない。

「死ぬ間際まで、あたしは自分の性に合った生き方をしたいのさ」

菊野は遠い目をしていたが、美鈴に目を向けた。

「美鈴さんはどうだえ。それほどの剣の腕を持ちながら卯之さんの女房になりたいのかい」

「あたしは……」

「ふふっ。まぁいいさ。人の生き方は人それぞれだ」

美鈴は納得したような、できないような表情だ。

「では、沢田様に『花嫁修業をしている』と言ったのは……？」

菊野は再び笑顔に戻った。

「あれは悪い冗談さ。沢田様をからかってやったんだよ」

「からかう……」

町奉行の内与力は江戸を支配する権力者だ。その人をからかうとは、畏《おそ》れ入《い》った話である。

「では、三国屋に入って働いているのは？」

「深川の頼母子講《たのもしこう》の立て直しをしなくちゃならないからね。三国屋さんが金主になって新しく講を立てようか、って話になってる。前の講を潰した時にはあたしも関わってしまったからね。それならあたしが深川と三国屋さんの橋渡しを務めるのが筋じゃないか」

「はぁ……」

さすがは深川一の姐《ねえ》さんだ。気《き》っ風《ぷ》が良すぎて惚れ惚れしてしまう。

たしかにこの心意気と能力があれば、一人の男の妻になりたいとは思わないのかもしれない。

「わかったかい。わかったら、さぁ、美鈴さんの花嫁修業だよ。今日は魚の焼き方だ。魚を焼くのは難しいからね。一匹一匹ぜんぶ違う魚だと心得なくちゃいけない。様子を見ないといけないのさ」

菊野はスイスイと足を運んで台所に向かう。美鈴も慌てて立ち上がった。

五

「あたしが下総まで出向くんですかぇ？　いったいどうしたわけで」

翌日の昼過ぎ。三国屋の座敷で卯之吉が目を丸くさせている。近頃には珍しい好天《こうてん》で明るい陽光が差し込んでいた。

目の前には沢田彦太郎がいる。

「町奉行所と与力の料地を旧に復《ふく》する（復旧させる）ために、いかほどの金が要るのかを算定せねばならぬ。予算を組むのだ」

「その仕事を、あたしにやれと？」

「算定ができたならば、その金は、三国屋に申しつけたい」

「有体《ありてい》に言えば、金を貸してほしい、との仰せで？」

卯之吉は理解したのか、理解できていないのか、はっきりしない顔つきだ。首をよじっておカネに顔を向けた。

「どうしましょうかね」

おカネは後見人として同じ座敷で話を聞いている。

おカネは即答しないで思案している顔つきだ。卯之吉は沢田に顔を戻した。

「あたしはただ今、商人修業中の身ですから、三国屋を離れるのは難しいでしょうねぇ」

沢田は心底から困っているらしい。

「お前は、商人修業などウンザリなのではなかったのか。おおっぴらに抜け出して羽を伸ばす好機だとは思わぬのか」

などと誘惑してきた。卯之吉は小首を傾げた。

「商人修業も、これはこれで楽しいですよ?」

卯之吉はなんでもかんでも遊興と心得たうえで楽しんでしまう。そういう男だ。人生のすべてが遊興だった。

埒《らち》が明かぬと思った沢田は、今度はおカネに詰め寄った。

「なんとか言ってくれ。子供の頃からわしを助けてくれたではないか」

おカネは「ふぅむ」と頷いた。

「悪い話ではないね」

「だろう？　ますます公儀の政に食い込んで御用商人の名を高める好機だぞ」

「しかし、情け無いねぇ。今どきのお侍は、あたしら商人の力を借りなければ政もできないのかい」

「それは、今に始まった話ではない！」

「わかったよ。卯之吉、行っといで」

「あい」

おカネの決断は早く、卯之吉は自分の意志というものがない。沢田が拍子抜けするほどに話が素早く纏まった。

＊

寂《さび》れた町中の居酒屋で水谷弥五郎が冷や酒をチビチビと飲んでいる。三国屋の用心棒で稼いだ銭だ。

目の前には役者の由利之丞が座っていた。

「若旦那が下総に行くんだってさ。弥五さんもお供をするのかい」

「いいや、わしは行かん」

「どうして？　若旦那を守って旅をすれば、豪勢なお駄賃を頂戴できるじゃないか」

「三国屋のおカネ殿との約束が先にあるからな。一度《ひとたび》請けた仕事を途中で放り出すわけにもいかん。それにだ」

「それに？　なんなのさ」

「卯之吉殿も昨今は、財布の紐をおカネ殿に握られておってな、気ままに椀飯振《おうばんぶる》舞《まい》もできぬのだ。今は、三国屋の用心棒をしておったほうが銭になる」

「銭になるったって、おカネ婆さんはケチん坊だよ。婆さんからの駄賃なんて高《たか》が知れてるだろう。こんな汚い居酒屋で、水で薄めた安酒しか飲めないじゃないか」

店主の親仁がジロリと険しい目を向けてきた。由利之丞は首を竦めた。

「わかったよ。それならオイラがお供をする」

「お前が卯之吉殿の供をして、何になるのだ」

「何もしなくたって駄賃を弾《はず》んでくれるのが若旦那だよ。じゃあね弥五さん」

由利之丞は店を飛びだしていく。

「待て、剣呑《けんのん》だぞ！　わかっておるのか！」

弥五郎は呼び止めたが、聞く耳を持たずに走り去った。

＊

旅姿の沢田彦太郎、卯之吉、銀八が江戸の町中を歩んでいる。これから下総に向かう旅立ちであった。

その様子を物陰から窺《うかが》っている男たちがいた。世直し衆の一味だ。

縞《しま》の着流しの遊び人に扮した男が目を凝《こ》らす。そして愕然《がくぜん》となった。

「あれは南町の内与力、沢田彦太郎！　それに八巻だ……！」

編笠の浪人も笠をちょっと上げて顔を出した。

「あの町人が？　人相風体《にんそうふうてい》、油断だらけの足どり、どう見ても商家の若旦那にしか見えぬぞ」

「そこが八巻の恐ろしさですぜ。悪党の油断を誘っておいて、一網打尽という魂胆に違いねぇや」

どれだけ疑わしくとも、現実に多くの悪党や殺し屋たちが返り討ちにされてきたのだ。信じないわけにはゆかない。

沢田たち三人は下総に通じる街道を進んでいく。

「どうやら公領に向かうみたいですぜ」

「よもや、坂井殿の策を見抜いたのではあるまいな」

すると遊び人は「へへっ」とせせら笑った。

「こっちには都合がいいや。八巻と沢田のいない江戸なんか恐くねぇ。おおっぴらに悪事が働けるってもんですぜ！」

「それもそうか。ともあれ、下総の仲間には報せたほうがよかろう」

「合点《がってん》だ」

悪党二人は身を翻《ひるがえ》して姿を消した。

＊

利根川決壊による被災の詳報は、続々と江戸城に届けられた。

関東地方の公領は、四名からなる勘定奉行と、関東郡代《かんとうぐんだい》の伊奈家《いなけ》によって統治されている。勘定奉行は旗本が任命される役職だが、関東郡代は伊奈家の世襲だ。それぞれが役人たちを調査に走らせて事態の把握に努めていた。

役人たちは現地で見聞きし、調べたことを書いて送ってくる。それらの報告書が将軍の前に山と積まれた。

役人もよほど慌てて書いたのだろう。走り書きの文字は読みにくい。心の動揺が伝わってくるような文字だ。しかも泥を吸って汚れた紙まであった。

上様のお目にかけるのだから綺麗な紙に書き直すべきだ、という意見も老中の中から出たが、甘利備前守はそのまま提出した。なにより急いで上様に事態を把握していただくことを優先したのだ。

将軍は次々と紙を捲って読んでいく。顔つきはますます険しい。黙《もく》して考え込んでいる。

「上様」

甘利は上半身を斜めに伏せる。将軍に対して言上する時の姿勢だ。

「日光社参の儀は、なにとぞご再考を願い奉りまする」

将軍は「ムッ」と唸った。

「また、撤回せよとのもの言いか」

「日光社参の大行列、その人数が食する米と、馬に与える秣は、公領より取り寄せる算段となっておりました。ですが、いまや公領は水没の危機にさらされております る。大行列を支える助郷《すけごう》を出す余裕も、村々にはございませぬ！」

助郷とはボランティアのことだ。農村の人々に命じられる。街道や橋の整備、荷物運び、飯の炊き出しなどで大名行列を支える。代償として年貢の免除や軽減などの褒美が与えられた。

将軍は表情を険しくさせる。

「こたびの社参は余《よ》が口にしたことぞ。撤回すれば将軍家の面目は丸潰《まるつぶ》れとなろうぞ」

「幸いなことに、内々に御内意を伝えて準備を進めていただけにすぎませぬ。いまだ天下に公示はしておりませぬ。撤回しても上様のご面目に傷はつきませぬ」

将軍は言い返しはしなかった。けれども怒りを隠さない。同意はしていない顔つきだ。

「ともあれ備前守、公領の復旧を急がせよ」

「ハハッ」

甘利は平伏して、御前より下がった。

＊

「ようこそお渡りくださいました」

深川芸者の菊野が艶然と笑顔を向けて挨拶した。

料理茶屋の名店（高級料亭）だ。店に入ってすぐの土間には、尾張徳川家の附家老、坂井主計頭正重が立っている。菊野は一段高い床の上で三つ指をついて出迎えた。

「お刀をお預かりいたします」

坂井は腰から鞘ごと刀を抜いて差し出した。菊野は恭しげに袱紗《ふくさ》を手に広げて受け取った。

「お連れ様はすでにお着きにございます。奥のお座敷でお待ちにございますよ」

坂井は無言で頷いて店に上る。主人が腰を低くしてやって来た。

「ご案内つかまつりまする」

坂井を先導して奥の座敷に向かう。

菊野は刀を刀掛けに置いた。坂井の背中にチラリと目を向ける。

「甘利様、上手くやれるといいけどねぇ」

坂井は座敷に入った。奥には甘利備前守が座っていて、早くも酒杯を傾けていた。

「おう、坂井殿！　よくぞ来てくだされた」

上機嫌に迎える。一方の坂井は険しい面相だ。ずいぶんと距離をおいた下座に正座した。

「尾張家附家老、坂井主計頭にござる。本日はご老中様のお招きによって参じました」

甘利は朗らかな笑顔で首を横に振った。

「堅苦しい挨拶は無用に願いたい。席はこちらに用意してある。近《ちこ》ぅ参られよ」

坂井はやはり気難しげな面相のまま立ち上がって、膳と座布団の置かれた場所まで移動した。油断はしていないぞ――という顔つきで座り直した。

菊野がやって来る。美酒の入った銚子の口を向けてきた。

「ささ、坂井様、御一献《ごいっこん》」

蕩《とろ》けるような笑顔で促される。ここで「いらぬ」と言うのも無粋《ぶすい》の極み。坂井は酒杯を手に取った。菊野が鼠尾鼠尾《そびそび》と酒を注いだ。鼠の尻尾に似せた形状で細く長く酒を注ぐ。なかなかに難しい技法である。

酒が注がれる間、甘利が笑顔で語りかける。

「坂井殿とそれがしは、いまや苗字も立場も異なっているが、元はと言えば近しい親族」

滴《しずく》を撥《は》ねさせることもなく、酒は杯をちょうど良く満たした。坂井は、

「されば、馳走《ちそう》になり申す」

と言って、酒をクイッと飲んだ。選りすぐりの美酒であるはずなのだが苦い薬でも飲むような顔つきだ。

菊野は場の取り持ちが仕事。甘利の話を受ける。

「まぁ、左様でございましたの」

甘利は「うむ」と頷いた。

「わしも坂井殿も、元はといえば徳川親藩の三男坊。松平の姓を名乗ってこそいたが小大名。しかも部屋住《へやずみ》の冷や飯食いだった」

徳川家には御三家の他にも多くの親藩がいる。ほとんどが二〜三万石の小大名だ。

「わしは甘利家に、坂井殿は坂井家に、それぞれ養子に入ったのよ」

「それはおめでとうござんす」

菊野は本心からそう言った。大名家の次男坊や三男坊が他家の養子に入るのは難しい。

梅本源之丞《うめもとげんのじょう》も大名家の部屋住だが、どこにも養子に入ることができずに無為《むい》

な毎日を送っている。一生、陽の当たる場所へ出ることもなく、歳だけとって死んでいくのだ。その境遇を知っているだけに、甘利と坂井の幸運を喜ぶことができたのだった。

「よろしゅうございましたね、坂井様」

坂井に笑みを向けたが、坂井はまったく嬉しい様子ではない。

「我らがそれぞれの家に養子に入ったのは三十年も昔。いまさら祝儀の宴でもあるまい」

まったくとりつく島もない。

坂井はジロリと甘利に目を向けた。

「話があるから呼んだのでござろう。まずは話を承ろう。先に用件を済まさなければ、酒も喉を通らぬ性分《しょうぶん》でござってな」

甘利は「ふっ」と笑った。

「さすがは坂井殿。生真面目なご性分。そのご性分ならばこそ、先代の上様は、そこもとを尾張家の附家老として送り込み、尾張家六十二万石の舵取《かじと》りをお任せになったのでござろう」

褒めたつもりが坂井にとっては不快だったらしい。

「そう言う其処許《そこもと》は、先君の命で甘利家へ養子に入り、天下の舵取りを託されておるであろうよ」

尾張家の附家老と老中とでは身分が隔絶している。命令される側と、命令する側だ。

坂井は膳を脇に寄せると、芝居がかった態度で甘利に向かって平伏した。

「この坂井主計頭、慎んでご下命《かめい》を拝《はい》し奉《たてまつ》ります る。お下知《げち》くだされ」

「やれやれ。このご性分じゃ」

甘利は鷹揚《おうよう》な顔つきで苦笑した。菊野に顔を向ける。

「話が済むまで下がっていてくれ」

「あーいー」

菊野は愛想を振りまきながら座敷を出ていった。

菊野の足音が十分に遠ざかるのを待つ。甘利も顔つきを改めた。

「日光社参についてご相談したい。将軍家が日光に向かうにあたっては、尾張家にも随身《ずいじん》が命じられることと思うが……」

随身とはお供のことである。

「この時勢じゃ。尾張家にとっても大きなご負担でござろう」

坂井は無表情だ。

「我ら尾張家、上様のご下命を拝したならば、万難《ばんなん》を排して上様のご意向に従うのみにござる」

「坂井殿、そこもとを親族と見込んで頼みいる」

「なにを」

「尾張公より上様に進言していただきたいのじゃ。こたびの日光社参を取りやめにするよう、尾張公よりご諫言《かんげん》いただけまいか」

「取りやめ？　上様のご意向を覆《くつがえ》せと？」

「上様は日光社参の内意を示された。上様が一度決めたことを撤回させるのは、親藩筆頭の尾張公のみが成し得《う》ること！　坂井殿、頼む！　天下万民のため、尾張公の御出馬を願えぬか！」

坂井は渋い顔つきでしばらく考えてから、答えた。

「尾張家は、日光社参に賛成でござる」

「なんと！」

「世間がかような惨状であればこそ、上様には江戸城よりお出《い》で願い、威《い》のあるお姿を天下万民に知らしめるべき、と、左様に心得ておる」

「日光社参には莫大《ばくだい》な費《つい》えがかかるのだぞ」

「その費えが、職人、商人、農民たちを潤すのでござる。諸民は上様の施しに感謝し、涙いたしましょう。かくして徳川の天下はいよいよ磐石《ばんじゃく》」

「庶民には、苦しみのほうが多い」

「我ら尾張徳川家は、そのお考えには与《くみ》しませぬ」

「それは尾張公のお考えか」

「附家老たるそれがしの言葉は、尾張家の総意とお心得くださいますよう」

甘利はもはや言葉もなかった。

話は終わった。物別《ものわか》れだ。坂井はすみやかに退席していった。

「あら、もうお帰りにございまするか」

菊野の声が聞こえてくる。

一人残された甘利は奥歯を嚙みしめた。

「……このままでは、天下が覆ってしまうぞ」

もはや尾張家はあてにできない。他の手を考えなければならなかった。

六

利根川の決壊で溢れた水は、日数をかけてジワジワと南に向かって押し寄せて来た。深川洲崎十万坪の荒野にも水が溢れた。

低地に建てた借り小屋が水に浸《つ》かる。窮民たちが逃げ場を求めて濱島の学問所に押し寄せてきた。

学問所としている建物は、元々この地にあった農家で、僅《わず》かな高台の上にある。

庭に入った窮民たちは男も女も、大人も子供も泥だらけであった。濱島は建物の濡れ縁に立ち、一同に目を向けて頷き返した。

「よくぞわたしを頼ってきてくれた！　ここならば安心だ。水が引くまで何日でも留まるがよい」

力強くも温かな言葉だ。窮民たちは、生き仏を目の当たりにしたような顔つきで伏《ふ》し拝《おが》んで感謝を示した。

濱島は門人たちに命じる。

「炊き出しをせよ」

門人たちは元より濱島の高潔な人格を慕っている。嫌な顔をせずに台所へと向かった。

　炊き出しが始まった。飢えた者たちが喜びの声を上げている。そんな喧騒《けんそう》を耳にしながら、濱島は旅の支度を整え始めた。

三人の男がやってきた。一人は身なりの立派な武士。一人は浪人。最後の一人は町人の若者だ。

　浪人が質した。

「旅の支度と見受けるが、どこへ行くおつもりか」

　濱島は手を休めることなく、顔も向けずに答える。

「下総の公領だ。多くの人々が苦しんでいる。手をこまねいてはおれぬ」

　三人の男は顔を見合わせた。全員揃って（理解しがたい）という顔つきだ。

　若者が代表して訊ねる。

「天領を救いに行くってんですかい？　あそこは徳川の料地だ。オイラたち世直し衆からしたら、敵《かたき》の土地ですぜ」

　浪人が「そうだ」と同意する。

「公儀なぞ、存分に困らせておけば良いのだ」

濱島は荷物入れの箱を閉めながら首を横に振った。

「困っているのは将軍ではない。老中でもない。無辜《むこ》の民だ。民の難儀を見捨てることはできぬ」

濱島は立ち上がる。皆の顔を順に見た。

「たとえ敵に塩を送ることになろうとも、苦しむ民を見殺しにはできぬのだ。民を見殺しにして、いったいなんの世直しか」

出て行こうとした濱島の前に身なりの良い武士が立ちはだかった。

「坂井様にはなんと言い訳をする。坂井様は我らの世直しをお望みなのだぞ。約《やく》定《じょう》を違《たが》えるのか」

「坂井様が今ここにおわしたならば、苦しむ民を救いに行け、と必ず仰せつけることだろう」

濱島は部屋を出て行く。三人は苦々しい顔だ。

「杓子定規な！」

身なりの良い武士が吐き捨てた。

「己《おのれ》のみが正しいと言わんばかりのあの面《つら》つき、腹に据えかねるッ。虫酸《むしず》が走るぞ！」

若者は困った様子だ。

「旦那方、どうするんですかい？　今夜も盗みに入る算段をしていたんですぜ」

すると途端に武士は妖しい笑みを浮かべた。

「好都合ではないか。我らは好きなように大暴れができようぞ」

浪人が頷く。

「我らのやっていることは、しょせんは偸盗《ちゆうとう》よ」

偸盗とは泥棒のことである。

「それなのに濱島は、人を殺すな、女を犯すな、子供を怯えさせるなと煩《わずら》わしくてかなわぬ」

若者はニヤリと小癪《こしやく》な笑みを浮かべた。

「そんなら旦那方、今夜は派手に行きましょうかい」

「腕が鳴るぞ」

浪人が腰の刀に反りを打たせる。殺戮《さつりく》の快感に酔っているような顔つきだ。

身なりの良い武士も大きく頷いて同意した。

＊

江戸から下総国に向かう街道はいくつかあったが、卯之吉たちは浅草で隅田川《すみだがわ》を渡って陸路を北上し、松戸《まつど》で江戸川《えどがわ》を渡る道を選んだ。水戸《みと》街道である。

関東の平野はまるで海のように広い。

普段は農村の田畑が広がっているはずなのだが、今は利根川から水が溢れて、一面の湖沼《こしょう》のような風景となっていた。

道の延びる先に筑波山が見えた。なんとも雄大だ。空は暗い。鼠色の雨雲が風に吹かれてうねっている。

銀八は振り返った。

「どうして由利之丞さんがここにいるでげすかね？」

由利之丞が旅装で立っていた。どうしてここで出くわしてしまったのか、銀八にはさっぱりわからない。

「オイラは常日頃、若旦那のご贔屓に与《あずか》ってるからね。固い縁《えにし》ってやつだ。こんなときこそお役に立ちたいと思ってね、駆けつけてきたのさ」

ヘラヘラと笑っている。

さらには「おーい」と遠くから呼びかける声が聞こえてきた。目を向ければ、笠を振り上げながら走ってくる女武芸者が見えた。

「美鈴様でげす。あちらもずいぶんと固い縁でげすよ」

銀八はますます驚き呆れてしまう。

美鈴は息せき切って走ってきて、卯之吉にグイグイと迫った。

「良かった、ご無事ですね！　誰にも襲われていないですよね！　怪しい人影は目にしませんでしたか！」

「何も見ていませんよ。ねえ？」

訊かれた沢田彦太郎にしてみれば、ねえ？　と言われても困る。渋い顔つきだ。

「ともあれ道連れは多いほうが安心であるな」

美鈴の剣の腕前は沢田も知っている。

「八巻の供なら、お前はこれを持て」

沢田は由利之丞に荷物を担がせた。由利之丞はたちまち不満顔になった。

卯之吉はなぜだか張り切っている。

「それじゃあ皆さん、先を急ぎましょう！」

銀八は卯之吉に質した。

「若旦那がお役で張り切るなんて、珍しいでげすね」

とにかく怠け者《なまもの》で、疲れることが大嫌いだ。

「あたしはね、これを確かめたくてきたんだよ」

卯之吉は懐から一枚の瓦版を出した。沢田がチラリと覗き込んで呆れた。

「大化け物か。馬鹿馬鹿しい。そんなもの、この世におるはずもない！」

「そう決めつけるのはまだ早いですよ。あたしは、気になったものは、なんでもとことんまで突き詰めないと気が済まないんです」

恋い慕って追いかけてきた美鈴よりも化け物のほうが気になるというのか。まったく呆れた話だ——と銀八は思った。

「ともあれ、ここで立ち話していても始まらぬ。行くぞ！」

沢田彦太郎は笠を被り直し、緒《お》を結んで歩きだした。卯之吉と美鈴と銀八がそれに続いた。荷物を背負った由利之丞が最後尾《さいこうび》についた。

その様子を遠くの草むらから窺っている者がいた。世直し衆の一味の二人組だ。二人とも大柄でいかにも強そうな浪人である。

一人はのっぺりとした顔つきで細いドジョウ髭を伸ばしている。唐渡り（輸入品）の遠眼鏡《とおめがね》に目を当てていた。

「間違いないぞ黒淵《くろぶち》！　南町の八巻だ」

遠眼鏡は卯之吉の姿を拡大して捉えている。

「町人なんぞに扮《ふん》していやがる。だが、あの役者みてぇなツラは見間違えようもない」

もう一人の世直し衆、黒淵と呼ばれた男は、片方の目を眼帯で隠している。

「本当に間違いないのか、赤岩《あかいわ》」

「お供の者も一緒だ。あいつは銀八という目明かしだぞ」

「わしにも見せろ」

隻眼《せきがん》の浪人の黒淵は、ドジョウ髭の赤岩から遠眼鏡を借りて覗き込んだ。

歩きだしてすぐに由利之丞は音《ね》をあげた。

「銀八さん、助けておくれよ。この荷物は重すぎるよ」

沢田彦太郎に担がされた荷を銀八に預けようとしてくる。

「オイラ、一歩も歩けないよ」

「困ったでげすなぁ。こんな所でへたばっていたら、若旦那たちにおいて行かれちまうでげすよ」

「オイラはお役者だよ？　骨太になったらお役につけなくなっちまうよ。頼むよ銀八さん」

「しょうがねぇでげすなぁ」

銀八は由利之丞から荷を受け取って肩に担いだ。

「あの男が南町の八巻だと？」

黒淵の遠眼鏡は由利之丞の姿を捉えている。

赤岩がドジョウ髭をヒクヒクさせながら囁《ささや》く。

「どうだ。役者みてぇなツラをしてやがるだろう」

「まったくだな」

明らかに間違えているのであるが、遠眼鏡で見ている景色を二人で共有することはできない。二人とも勘違いに気づかなかった。

「そして、あやつが目明かしの銀八か」

目明かしに荷物を担がせているのだから、あの男が八巻で間違いない、と、黒淵も納得せざるを得ない。

「しかしさすがは評判の切れ者同心。下総にまで乗り込んで来ようとは……」

「感心してる場合ではないぞ黒淵。急いで火薬師の辰次に報せねば」

「お前が報せに行け。わしは八巻を見張る。この遠眼鏡は預かるぞ」

「わかった」

ドジョウ髭の赤岩は、身を低くさせたままその場を離れた。

＊

夕刻、卯之吉たち一行は公領の村にたどり着いた。

「ずいぶんと遠くにあるのかと思っていましたけれど、着いてみれば意外に近いですねぇ」

卯之吉が感想をもらす。沢田彦太郎は呆れ顔だ。

「駕籠《かご》に乗っておる者が言う言葉ではあるまい」

一行の中で卯之吉だけが駕籠を傭《やと》って旅してきたのだ。

本来なら沢田から「わしが歩いておるのにお前が駕籠を使うことは許さぬ」とお叱りが飛ぶところであるが、あまりにも卯之吉の足が遅いので、仕方なく駕籠を使うことを許したのだ。卯之吉と一緒に歩いていたら、到着が何日後になるかわかったものではない。

村では名主の銀兵衛が裃姿で待っていた。沢田が堂々と胸を張った。

「南町奉行所の内与力、沢田彦太郎である！　一同の者、出迎えご苦労ッ」

銀兵衛と乙名たちが深々と低頭する。その様子を見ていた卯之吉が目を丸くさせた。

「沢田様って、こんなに偉いお人だったのかえ」

江戸では町奉行や老中の前で右往左往、東奔西走させられている小役人にしか見えなかったのだが。

思わずもらした本音が聞こえたのか、沢田が「ウオッホン」と咳払いした。それから名主たちに紹介した。

「この者は、江戸の札差にして両替商、三国屋の跡継ぎだ。この村の復興のために御用金を用立ててくれる約定となっておる」

銀兵衛と乙名たちはさらに深々と頭を下げた。

「金がなくては何もできませぬ。なにとぞよろしくお願《ねげ》ぇしますだ」

「あいあい」

卯之吉はいつでもどこでも笑顔だ。何も考えていない顔つきなのだが、何故《なぜ》か頼もしげに見えてしまうから不思議だ、と銀八は思っている。

つづいて名主の銀兵衛たちは美鈴に目を向けた。

「そちら様は?」

美鈴はツンと尖った鼻筋を上に向ける。

「わたしは……、このお方の許嫁《いいなずけ》です!」

卯之吉の着物の袖をギュッと握る。銀八は「ええっ?」という顔で驚いた。

卯之吉は相も変わらずヘラヘラと笑っている。美鈴の気持ちがわからないわけではないだろうに、とにかく無責任な男なのだ。面倒事に直面したら笑ってやり過ごして先送りにしようとする。

村の者たちは、豪商の許嫁がどうして女武芸者なのか? と、当然の疑問を感じた顔つきだ。しかし、どうしてそうなっているのですか、と訊くことも難しい。

「はぁ、左様で……」

と、要領を得ない顔つきで頷いた。

一人、沢田彦太郎だけがほくそ笑んでいる。

「よいぞ、その調子だ！」

などと囁いた。沢田は沢田で、菊野が卯之吉にくっつかれては困る。菊野に岡惚れしているからだ。

卯之吉は相も変わらず、あたしには関わりがない、という顔つきだ。というよりも、別のことに関心がありすぎて、そのことで頭がいっぱいなのである。

「身の丈が十丈の大化け物を、あなた方もお目にしたのかい」

話の流れをぶった切っていきなり質した。

すると途端に乙名たちが身を乗り出してきた。

「見ましたべぇ！」

「確かに身の丈が山のように大きかったべぇよ！」

「火を噴いて、あんなおっかねぇもんは今まで見たことがねぇだ！」

よほど話を聞いてほしかったらしく、卯之吉を取り囲んだ。

卯之吉は首をよじって沢田に顔を向ける。

「皆さんのこの真剣なお顔。とても嘘をついているようには見えませんよ」

沢田は渋い顔だ。

「だが、『化け物に襲われて利根川の堤を崩された』などと、上様に言上することはできんぞ。上様に対し奉り、ふざけていると思われたらなんとする。下手をしたら切腹ものだ」

銀兵衛も困り顔だ。

「勘定奉行所と普請奉行所のお役人様がお二人とも亡くなられたんですだ。ふざけた話なんかじゃねぇですだ」

沢田の顔つきはますます渋い。

「その二人の骸《むくろ》はどうなった」

「村の寺に埋葬しましただ」

旅先で死んだ者の遺体は現地の墓地に埋められるのが普通だ。家族の墓参りは大変だけれども、そのために位牌《いはい》というものが家にある。

「本当の話をしても『作り話だ』と罵《ののし》られ、オラたちはどうしたらええのかわからねぇですだ」

卯之吉は「ふむふむ」と聞いている。

「それなら大化け物を捕まえればいいんですよ。さぁ皆さん、行きましょう。利根川の堤に案内してください」

「こんな夕刻に、だべぇか。着いた頃には真っ暗闇ですだ」

銀兵衛が当然に懸念する。乙名の一人も反対した。

「溢れ出た水がいたる所で勢い良く流れとるだ。足を踏み外して落っこちたら最後だべ。暗闇では助けようもねぇもんで」

由利之丞はヘトヘトの顔つきだ。

「腹が減ったし疲れたよ。調べものは明日にしようよ」

沢田は「うむ」と頷いた。

名主屋敷の台所では炊煙《すいえん》が上がっている。美味しそうな料理の匂いも漂ってきた。

「田舎料理でお口に合うかどうかわかりませねぇが、せめてもの宴席を用意させていただきましただ。風呂も沸かしてありますだで」

銀兵衛の案内で沢田と由利之丞は屋敷に入る。卯之吉は外に立ったまま、瓦版に書かれた絵と、現実の景色を照らし合わせてなにやら思案する顔つきであった。

沢田が小走りに戻ってきた。銀八と美鈴に言いつける。

「八巻からけっして目を離すな！　あの男、一人でも堤に向かいそうな顔つきだぞ。そうやって、いらぬ面倒事を起こすに違いない」

銀八も美鈴も卯之吉の性格は理解している。緊張しきった顔つきで頷き返したのだった。

沢田彦太郎と由利之丞は下男や下女の介添《かいぞ》えを受けて荷を下ろしたり、汚れた足を洗ってもらっている。

外で待つ銀八に、叔父の銀兵衛が走り寄ってきた。

「銀八！　よく来てくれたね」

久方ぶりの対面だ。銀兵衛は銀八の両手を摑んで伏し拝んだ。

「南町奉行所の内与力様と、江戸の大店《おおだな》の若旦那を連れてきてくれるなんて！　なんて頼りになる甥なんだ。叔父さんは誇らしくてならないよ！」

涙まで流しはじめた。

「いや、あっしが——」

連れてきたわけじゃねぇでげす、と言おうとしたところへ村の乙名たちまで入ってくる。銀八を取り囲んだ。

「八巻様のお手先を務めているとは聞いていたけんど、内与力様にまで顔が利くとは、大《てえ》したもんだべ」

「村の出世頭だんべよ！」

「内与力様や三国屋さんに、よーく取りなしてくんろ。頼むだよ！」

涙を流して迫られて、銀八はますます本当のことが言えなくなった。

（あっしまで、とんだ誤解をされているでげす！）

まったく困ったことになってしまった。

「ところで……」

と銀兵衛が銀八の顔を覗き込んできた。

「お初を知っているだろう」

銀八は思い出した。いとこの娘だ。

「お初ちゃんがまだ子供の頃、一緒に遊んだもんですよ」

「おまえには良く懐いていた」

「お初ちゃんがどうかしたんでげすか」

「『江戸に出たい』と言ってるんだ。わしもねぇ、つらつら思うに、あのお転婆娘をこの田舎《いなか》に置いておくのは無理だ。幸せにはなれないだろう」

「本人の幸せが一番でげすからねぇ」

「そこでお前に、お初のことを頼みたいんだよ……」

「あっしに？　なにを」

　そう質問したその時であった。

「銀八兄さん！」

　噂していた本人のお初が駆け寄ってきた。

　銀八は驚いた。

「お前ぇ、お初坊か。大きくなった……なあッ⁉」

　お初が腕を伸ばして銀八の首に抱きついてきた。再会が嬉しくて辛抱たまらなくなったらしい。

「ちょ、ちょっとお初坊！　いけねぇでげすよッ」

　お初はもう子供ではない。人前で男に抱きついてはいけない。否、人前でなくても夫婦でない限り、やってはいけない。

　銀八はお初の腕を振りほどいた。お初はキラキラとした目で銀八を見つめる。はっきり言って銀八は、若い娘たちからそんな目で見られたことはない。ドキンと心臓を高ぶらせてしまった。

　祖父の銀兵衛も困り顔だ。

「銀八さんは江戸から旅してきてお疲れだべ。迷惑をかけちゃいけねぇだ」

「だって、久しぶりに会えたんだもの、嬉しくって！」

お初はプッと膨れて、すぐに弾ける笑顔になった。ころころと変わる表情が愛くるしい。銀兵衛も強く躾《しつ》けることができなくなってしまう。こうやって甘やかすから、どんどんお転婆になっていくのだろう。

銀兵衛は銀八に目配せした。

「それじゃあ、今の話は後で……」

意味ありげに言い残して屋敷の中へと入っていった。

銀八とお初の二人だけが残された。

お初は早口で一方的に親愛の情をぶつけてくる。

「お江戸の町奉行所の偉いお方と、三国屋の若旦那さんを連れてきてくれたんだって？　みんなびっくりしているよ。銀八兄さんは偉いお人だって！」

「いやあ、まぁ、オイラぐらいになれば、この程度のことは朝飯前よ」

銀八は着物の衿をスッと伸ばして、粋な色男のふうを装った。

「銀八兄さん、お初、江戸に行きたい！」

「おう、そうかい。だけどな、江戸は剣呑だぜ。娘の一人暮らしは無茶だ」

「男の人と一緒に暮らすなら、大丈夫でしょ」

「一緒に？」

銀八はハッとした。そして仰天した。

（一緒になる、ってのは、夫婦になるってことでげすかッ？）

銀兵衛の叔父貴もそんなことを言っていた。銀八は今しがたの会話を思い出した。『そこでお前にお初の婿になってもらいたい』銀兵衛はそう言おうとしていたのではあるまいか。

お初の顔を見つめなおす。お初はキラキラと輝く目を向けてくる。

いとこの子との婚礼であるが、江戸時代の田舎では珍しくもない。

「お……お初ちゃん……」

銀八はポーッとのぼせあがった。

「お前ぇ、江戸で暮らしてぇなんて、本気で言ってるのかい」

「本気だよ。銀八兄さん、あたし、所帯を持ちたいんだ。だから銀八兄さんにお願い――」

銀八は動揺しきって咄嗟《とっさ》に言葉も出てこない。こういう機転の利かないところが、幇間《ほうかん》として成功できない原因だ。

「おーい、銀八さん、何をしてるんだい」

由利之丞が呼んでいる。お初はパッと離れた。

「じゃ、この話は後で」

身を翻して走り去った。由利之丞がやってくる。

「誰だい。かわいい子だね」

粋が身上《しんじよう》のお役者なのに、まったく空気が読めない男であった。

＊

早朝。空はまだ真っ暗だ。三国屋の庭には篝火が焚かれていた。

金蔵の前に何台もの荷車が集められた。車引きの男たちの手で千両箱が積まれていく。莚がかぶせられ、縄で厳重に固定された。

手代の喜七《きしち》が一台一台見て回る。

「縄が緩んでいるよ。締め直しておくれ。車軸は古びていないだろうね。下総まで重たい千両箱を運ぶんだ。道はひどくぬかるんでいる。車の手入れはしっかり頼むよ」

車引きたちが「へーい」と答える。

梅本源之丞がやって来た。

「大きな騒動となったものだな」

「そりゃあもう。御公儀の御用金ですからねぇ。念には念を入れないと」

菊野は大福帳を捲りながら千両箱に糊付《のりづ》けされた番号の張り紙を照らし合わせている。積み間違いがないことを確かめると、荷に立て札を差した。『勘定奉行所御用』の文字や『普請奉行所御用』の文字が書かれていた。

配達先を間違えないようにするためと、道中で宿場役人や渡し舟に便宜《べんぎ》を要求するための御用札だ。

堂に入《い》った仕事ぶりである。源之丞は喜七に小声で訊ねた。

「菊野殿は、まことに三国屋の内儀《おかみ》になるのか？」

喜七にも答えられない。

「どうなんでしょうねぇ。それよりも若君様、用心棒なんかをお頼みして、本当によろしかったのですか」

「卯之さんが江戸にいないのでは遊里で遊ぶこともできんからな。自分で銭を稼がねば、好きな酒すら飲めぬときた。まぁ、任せておけ。もらった銭のぶんの働きは約束しよう」

源之丞は刀の鞘を叩いて胸を張った。

「暁《あかつき》七つ（午前四時ごろ）になったら出発しますよ」

喜七は車引きたちに言った。太陽が空にある間しか旅はできない。夜旅はあまりにも危険だ。

源之丞は空を見上げている。

「今日も雲が厚いぞ。陽が高く上るまで、しばらくは夜中のように暗いままであろうぞ」

「困りますよねぇ。街道は水浸しなんだし、渡し舟もちゃんと動いているのかどうか、わかったもんじゃない」

などと言っているうちに暁七つの鐘が鳴った。

「致し方あるまい。出立《しゅったつ》しよう」

源之丞の言葉に喜七も同意する。車引きに「行きますよ！」と声をかけた。

重い荷車が縦に列をつくって動き始めた。先頭を行くのは喜七だ。火のついた提灯を下げている。源之丞はいちばん後ろについて周囲や背後を警戒した。

荷車の列は北に向かう。千住大橋《せんじゅおおはし》で隅田川を渡る予定であった。

と、源之丞が「ムッ」と唸った。刀の鞘を摑んで前に走る。

「喜七ッ、曲者《くせもの》だぞ！」

まだ真っ暗な江戸の町中を黒装束の男たちが二十人ばかり、群れをなして走ってきた。全員が黒頭巾と黒覆面で顔を隠している。

先頭を走ってきた男が怒鳴った。

「我らは天下に名高き世直し衆！　三国屋、江戸の庶民の富を吸い上げ、私腹を肥やす悪徳商人め！　天に代わって裁きを下す！　世直しの礎《いしずえ》となれッ」

芝居がかった口調で言い放った。曲者たちが一斉に刀を抜く。二十本もの刀がギラギラと殺気を放った。

喜七は恐怖で後退《あとずさ》る。

「と、とんだ言いがかりにございますよ……」

「問答無用ッ、金を寄こせッ」

世直し衆が一斉に襲いかかってきた。喜七はストンとその場で腰を抜かした。

その前に割って入ったのは源之丞だ。こちらもすでに抜刀している。斬りつけられた刀をガッチリと受け止めた。

斬りつけた黒覆面は源之丞の剛力《ごうりき》によって弾き返された。源之丞のあまりの強さに驚いている。

「おのれ浪人ッ、商人の飼い犬に成り果てたかッ」

「浪人だとッ」

源之丞は目を剝いた。仮にも大名家の子息なのに、浪人に間違えられてはたまらない。自尊心が激しく傷つく。

「断じて浪人ではない！」

剛刀を振るう。荷車に襲いかかってくる曲者たちを次から次へと打ち払った。

しかし相手は二十人。多勢に無勢だ。そのうえ車引きたちが逃げまどって斬り合いの邪魔になった。

世直し衆がついに荷車に取りついた。御用札を引き抜いて投げ捨てる。縄を切って莚を引き剝がした。

「千両箱だ！　運べッ」

頭目らしい男の指図《さしず》で一味の者たちが千両箱を肩に担いだ。

「おやめくださいッ」

喜七が手を伸ばすが、その顔の前に刀を突きつけられる。喜七は後ずさりする。どうにもならない。

「待てッ」

源之丞が斬りかかる。肩を斬られた曲者が倒れた。千両箱が地面に落ちる。

頭目が源之丞の前に立ちはだかった。

「わしが相手をする！　皆は金を担いで逃げろッ」

仲間が逃げる時間を稼ぐつもりだ。

「トワァッ」

気合もろとも斬りつけてきた。

源之丞は動じない。斬りつけられた刀をサッと避《よ》ける。

「おのれっ」

頭目は二ノ太刀《たち》を繰り出した。源之丞は素早く刀を振って打ち払う。身体の重心は微動だにしない。勢い込んで斬りかかった頭目のほうが、つんのめって体勢を崩した。武芸の実力差は明らかだ。

攻守は完全に逆転する。源之丞は刀を鋭く振るった。頭目の胴を斜めに打ち据える。

「ぐわーっ」

頭目はもんどりを打って倒れた。そのまま足を踏み外して掘割に落ちる。

ザブーンと大きな水柱が上った。

源之丞は眼光鋭く曲者たちを睨みつけた。曲者たちは目に見えて震え上がった。

「勝ち目はないッ。逃げろッ」

一人が叫ぶと、あとはもう総崩れだ。千両箱を放り出して一目散に逃げだした。

「待てッ」

源之丞は後を追おうとした。

その足元に曲者たちが撒菱を投げた。源之丞は慌てて後退する。

源之丞に峰打ちにされた悪党二人が倒れている。仲間に助けを求めて腕を伸ばした。

ところが曲者たちは倒れた仲間の胸に刀を突き立てた。悲鳴があがる。口からは血を吐いた。

水に落ちた頭目がザバッと顔を出す。水をかき分けながら対岸へと逃げていった。

源之丞は怒りの形相のまま刀をブンッと振り降ろすと、静かに鞘に納めた。

喜七が恐る恐るやってくる。

「なんて危ない物を撒いていくんでしょうね」

撒菱を丁寧に拾いあげた。

源之丞は刺された曲者二人の息を探っている。

「事切れておる。俺は峰打ちにしたのだが、仲間に殺された」

「お奉行所の詮議で世直し衆の内情が知られることを嫌ったのでしょう。口封じですね」

「どこまでも非道な奴輩《やつばら》だ」

源之丞は死体の懐を探った。『世直し衆　参上』と刷られた紙が出てくる。犯行現場に残していく、いつもの紙だ。

「世間の者たちがもてはやす〝義賊〟も、一皮剝けばただの凶徒か」

車引きたちが恐々と集まってきた。喜七が指図する。

「お役人様を呼んでおいで」

車引きの一人が走り、源之丞は空を見上げた。白々《しらじら》と夜が明けていく。

「これから役人の検屍《けんし》と詮議を受けるのか。江戸を発《た》てるのは昼過ぎだな」

憂鬱なことになりそうだった。

七

下総の公領にも日が昇った。農村の朝は早い。日が昇る前から起き出して騒々《そうぞう》しく働き始める。

銀八は苦労して卯之吉を起こした。

「沢田様が巡検に出発なさるでげすよ。利根川の堤の崩れた所を見に行くでげす。若旦那だけ寝てるわけにはいかねぇでげす。起きておくんなさい」

「まだ眠いよ。もうちょっと寝かせておくれ」

「化け物を探しに来たんでげしょう。さぁ探しに行くでげすよ」

「そうだったねえ。しょうがない、起きるとするかね」

卯之吉を起こし、由利之丞と二人がかりで着物を着せる。卯之吉はされるがままだ。立ったまま寝ているのかもしれない。

ともあれ卯之吉を外まで引っ張りだした。

「遅いぞ！」

とうに支度を整えた沢田彦太郎が待っている。上司を待たせるなんて、とんだ同心がいたものだ、と、銀八は恐縮してしまう。

そこへお初が駆け寄ってきた。

「銀八兄さん、これを持っていって」

小さな包みを差し出してきた。

「なんでげす？」

「お弁当」

銀八の顔が一気に上気した。お初も照れくさそうに微笑んでいる。

「あ、ありがとうよ」

受け取りながら銀八は、舞い踊りたい心地《ここち》であった。

卯之吉たち一行は利根川の堤へと向かった。

堤の崩れた場所から怒濤のように水が溢れ出ている。その凄まじい勢いと轟音に、卯之吉は「おおお～っ」と声をあげた。

「これは大変なことになったねぇ」

一方、銀八は胸を撫《な》で下ろしている。

「昨日、真っ暗な夜中に来ていたら、きっとこの水に落っこちていたでげすよ。命はなかったでげす」

卯之吉を止めることができてよかった。銀八まで水死しかねないところであった。

（お初と所帯を持つってのに、こんな所で犬死には真《ま》っ平《ぴら》でげす）

一方、沢田彦太郎は青い顔だ。

「溢れ出た水は刻一刻《こくいっこく》と江戸に向かっておるぞッ。早急に穴を塞がねば、江戸が水没してしまうッ」

名主の銀兵衛も、恐怖と絶望の顔つきだ。

「近隣の村々の田圃と畑も大変ですだ。稲も野菜もぜんぶ駄目になっちまいますだよ！　なんとかしてくだせぇ」

「なんとかしてくれと言われてもだな……八巻、じゃなかった三国屋！　なんぞ良き策はないか！」

「策はないかと訊かれましてもねぇ……」

「大勢の人手を集めて、土俵《つちだわら》を一斉に投げ込む、というのはどうだ」

土俵とは、米俵の米を抜いた代わりに土を詰めた物をいう。

卯之吉は首を傾げている。

「こんなに勢い良く水が流れ出てるんですよ？　土俵なんか投げ込んでも、投げ入れた先から流されてしまうでしょうよ」

「ならば、いかにすれば良いと申すか！」

卯之吉も思案投首《しあんなげくび》している。

「どうしたらいいんでしょうねぇ？」

「なんぞ策があるだろう！」

「どんな策でしょうかねぇ？」

由利之丞が銀八に囁く。

「なんだか責任のなすりつけ合いをしているみたいだよ」

その時であった。一行に背後から歩み寄ってきた男がいた。

「策ならば、わたしの胸中《きょうちゅう》にあります」

皆が一斉に振り返る。塗笠《ぬりがさ》をかぶった旅装の男がそこにいた。

卯之吉は「おや？」ととぼけた声をもらした。

「濱島先生じゃございませんかえ」

濱島は笠を脱いで軽く会釈《えしゃく》した。沢田は、

「何者だ？」

と訝《いぶか》しむ。卯之吉が説明した。

「深川にお住まいの、蘭学者の先生ですよ」

濱島は沢田と銀兵衛にも会釈した。

「濱島与右衛門と申す」

「人助けがお好きな先生でしてねぇ。さては公領の難儀を見るに見かねて、足をお運びでございますかね？」

「難儀をしているのは江戸も同じです。ここで溢れた水のせいで洲崎が水没いたしました」

沢田が歯ぎしりする。

「恐れていたことだ！　濱島とやら、いかにすれば良い。策があると高言《こうげん》したが、それはどのような策か、申すが良い！」

ずいぶんと威張《いば》った口調だが、町奉行所の内与力は、実際この程度には偉い。

濱島は答えた。

「まずは、この近辺の土地の高低を調べねばなりません。そのうえでお答えいたします。ここより溢れ出た水が、いずこの低地を通って江戸に向かうのか、それを調べたく存じます」

卯之吉が横から話に加わる。

りです」

「左様です。わたしは門人を引き連れてきました。測量の心得のある者たちばか
門人たちが六人ばかり背後に控えている。西洋の測量道具を担いでいた。

「おもしろそうですねぇ。お手伝いしますよ」

濱島は沢田に顔を向ける。

「公領に測量の旗棹《はたざお》を差しなどしたら、御公儀の怒りに触れませぬか、それだけが案じられます」

「かまわぬ。ご老中様には、このわしが話をつける。やってくれ！」

「ならば、今より取りかかりましょう」

卯之吉は濱島に訊ねる。

「お頼みしてあった人手は集めてもらえましたか」

「遅れてやって来るでしょう」

「よかった。あたしもねぇ、口入れ屋の荒海一家に人集めを頼んでいたのですが、この様子だと考えていたよりも多くの人数が必要となるでしょうからね」

「働いてくれる者たちへの賃金はどうなりましょうか」

「ちゃんと手配してありますよ。金子なら、うちの店の手代にここまで運んで来させる手筈《てはず》になっています」

その金を運ぶ行列が襲われて、世直し衆の二人が死に、町奉行所の詮議をくらって足止めされているのであるが、そんなことは卯之吉も知らない。

卯之吉は「ああ、そうだ！」と素《す》っ頓狂《とんきょう》な声を上げた。

「身の丈が十丈の大化け物はどこにいるんですかねぇ。銀兵衛さん、どこです」

銀兵衛は困った様子だ。

「今日は……見たところ、いねぇようですだ……」

「鱗《うろこ》でもいいよ。落ちてないかねぇ。大蛇なのか魚なのかトカゲなのか、それだけでも突き止めたいもんだよ」

濱島は呆れ顔だ。

「大化け物が本当にいると信じているのですか」

「もちろんですよ。あたしはそれを探しに来たんですからね」

卯之吉は堤に向かって走り出す。美鈴が悲鳴をあげた。

「危ないです！　一人で行ってはいけませんッ」

卯之吉を追いかけて走り出した。

銀八は頭を抱えている。

「ウチの若旦那ときたら、まったく子供と同じなんでげすから」

濱島は、夢中になって走る卯之吉と、それを追う美鈴を目で追った。

その場所から少し離れて地蔵堂の塚があった。盛《も》り土《つち》をした上に石地蔵の祠《ほこら》がある。

隻眼の浪人、黒淵は、祠に身を隠しながら様子を窺っていた。遠眼鏡を覗き込む。走り出てきた若い男の姿を見た。派手な身なりの金持ちだ。女武芸者に捕まって、引っ張り戻されている。

「なんなのだ、あの素っ頓狂な男は？」

そこへ悪党仲間の若造がやって来た。身を低くして報告する。

「三国屋の若旦那ってのが来てるらしいですぜ」

「今の男がそれか」

「拐《かどわ》かしたら、大枚《たいまい》の身代金《みのしろきん》が取れるんじゃねぇんですかい」

「南町の内与力と八巻も来ておるのだ。迂闊に手は出すな。我々の役目は屋敷の見張りだ。辰次の指図にないことをしてはならぬ」

若造は「ちぇっ」と呟いた。

＊

お初はアオに乗って村々を駆け巡った。洪水の被害を調べて回る。

街道沿いに茶店が立っている。年寄の夫婦が二人きりで営んでいた。お初は茶店の裏に馬を繋いだ。裏口から店を覗き込む。

「おじさん、おばさん、大事《だいじ》ない？」

老人が顔を出した。お初が名主の孫娘だということは知っている。

「この辺りにゃあ、まーだ水は来ていないけんどねぇ。心配だべねぇ」

近辺の村の様子について語り合っていると、店に客の二人連れがやって来た。表に出した腰掛けに座る。

「団子はあるか。甘酒も頼む」

この辺りでは聞き慣れない口調だ。旅の浪人たちであろうか。

老婆が甘酒を湯呑茶碗に注いで、盆にのせて持っていった。

「団子は今から焼くだで、待っておくんなろ」

浪人二人は湯呑を手にして小声で語り合っている。

「……銀八が……八巻の手先の目明かし……」

お初の耳がピクッとなった。銀八の知人であろうか。しかし不用心に声をかけたりはしない。農村社会にとって旅人は皆、剣呑な存在だ。そっと窓に寄って聞き耳を立てた。

「南町の八巻が来おった」

「なんと、確かか」

「赤岩殿が確かめたのだ。しかも、銀八という手先が供をしておるのだから間違いない。赤岩は二人の顔を良く見知っておる。皆に報せてくれ」

「わかった」

それきり二人は黙り込んで、黙々と団子を食い、甘酒を飲んで立ち上がった。

「銭はここに置くぞ」

二人は別々の道を通って立ち去った。お初は窓から顔を覗かせて、立ち去る二人を見送った。

昼過ぎから公領に大雨が降りだした。強い風も吹いている。

名主屋敷の障子紙には油が塗られて水を弾くようにしてある。大粒の雨が叩いていた。

名主屋敷は近在の農村を統治する役所としての機能も付与されている。建物は大きく、部屋の数も多い。奥の座敷から美鈴が疲れ切った顔で出てきた。

銀八は訊ねる。

「若旦那は、どうしたでげすか」

「昼寝です。疲れたんでしょう。いつもは寝てばかりいるのに、興味を惹かれることがあると昼も夜も寝ないで走り回ってるんだから……」

銀八は奥座敷に向かった。布団が敷かれて卯之吉がスヤスヤと寝息を立てている。世話を焼いているのは由利之丞だ。卯之吉の着物を畳んでいる。

「騒ぐだけ騒いで、疲れたら寝ちまうなんて、まるで子供だよ」

着物をしまおうとして、旅の荷物入れの行李《こうり》の蓋を開ける。そして「おやっ」と声をもらした。

「同心様の黒羽織と十手も持ってきたのかい」

「何かの時のための用心でげすよ」

卯之吉のお守《も》りは由利之丞に任せて銀八は台所に戻った。美鈴は深刻な顔で俯いて座っている。悩んでいるとは思わぬ銀八は、疲れているのだと勘違いをした。

「美鈴様も倒れねぇように休んどいてくださいよ」

銀八は庭に出た。

「お初のヤツ、帰りが遅いな、心配だぜ」

などと、早くも亭主になった心地で外の道など眺めた。

村の農民たちがゾロゾロと連れ立って屋敷の敷地に入ってきた。銀八に向かって一斉に頭を下げた。

「銀八親分、あんたぁ江戸で評判の八巻様の御配下だって聞いただ。手柄話を聞かせてくれねぇべか」

同心の手下である銀八のことも、凄腕《すごうで》の岡っ引きだと信じ込んでいる顔つきだ。

「手柄話って言われても、困るでげす」

「みんな話を聞きたがっとるだ。銀八親分、頼むだよ」

お初が帰って来た。息せき切って駆けてくる。

「銀八兄さん！　八巻様が村に来てるって本当？　茶店に来た旅のご浪人様が、八巻様と銀八兄さんが一緒にいるのを見た、って言ってたよ！」

「えっ、ええええっ」

銀八は動揺した。

（それはまずいでげす！）

三国屋の若旦那と同心の八巻が同一人物だということは、厳重な秘密だ。金持ちが金の力で同心になったなどと知れたら町奉行所の権威と信用が失墜《しっつい》してしまう。

そんな銀八の気も知らず、村人たちもざわついている。

「八巻様も村に来ていなさるんだべぇか。そんならご挨拶しないと義理が悪かんべぇよ」

「銀八親分さん、八巻様はどちらにいらっしゃるんだべ？」

「そ、それはそのぅ……困ったでげすなぁ」

「銀八兄さん、オラからもお願い！　噂に名高い八巻様に一目会いたいよ！」

村人たちが「んだんだ」と同意する。

「八巻様のお手柄話はこんな田舎にまで伝わっとるだ。ぜひともお目にかかりてぇ」

村人たちがグイグイと迫ってきた。銀八は咄嗟の機転も利かず、誤魔化しもできずにうろたえる。

と、その時であった。名主屋敷の戸がパーンと勢い良く開けられた。一人の男が堂々と庭に踏み出してきた。

「なんでぇなんでぇ騒々しいな。やいお前ぇたち、そうまでして南町の八巻の顔が拝みてぇってのかい！」

登場したのは黒巻羽織姿で、腰には朱房《しゅぶさ》の十手を差した由利之丞であった。

銀八は慌てる。

「そんな勝手に――」

最後までものを言わせない。

「やい銀八、バレちまったもんは仕方がねぇ。歌舞伎役者の由利之丞に化けて旅してきたが、下手な芝居はここまでだぜ」

（今のほうがよっぽど下手な芝居でげす）

と銀八は言いたかったけれども、言える雰囲気ではない。由利之丞の名調子は続く。

「何を隠そう、南町きっての腕利き同心、八巻卯之吉たぁオイラのことよ！」

ビシッと見得まで切る。舞台ならここでツケが打たれるところだ。

村人たちが「おおっ」とどよめく。

しかし当然ながら疑う者もいる。

「評判の同心にしちゃあ、ずいぶんと優男《やさおとこ》だべ」

由利之丞は不敵な笑みで返した。

「オイラの評判をよく知らねぇとみえるな。江戸三座の歌舞伎役者に見紛《みまご》うほどの色男だぜ」

村人たちが「確かに、そうだべ。お役者にしか見えねぇって噂だ」などと言っている。

名主屋敷の台所には村の女たちもいる。沢田彦太郎を接待するご馳走を作るためだ。女たちも庭に出てきた。由利之丞の名調子に聞き惚れている。

「だがなお前ぇたち、この色男から繰り出される居合斬りの一閃《いっせん》は電光石火《でんこうせっか》の早業《はやわざ》だ。江戸にはびこる悪党どもをバッタバッタと切り伏せてきた凄腕だぜ。広いお江戸でも五本の指に数えられようかってぇ剣豪だ」

男たちは感心し、女たちは「キャア」と黄色い歓声を上げる。由利之丞はますます得意気に、鼻筋をツンと上に向けた。

「どうでい、納得したかい」

嘘の芝居も堂々とやられると本当に見えてくる。村人たちは目を輝かせて拍手喝采した。

銀八は頭を抱え込みたくなる。自分の生まれ故郷にまで頓珍漢《とんちんかん》な誤解が広まってしまうとは。なんたることか。

村の顔役ふうの男が女たちに指図する。

「八巻様にお酒を振る舞うだ！」

名主屋敷には板敷きの広間がある。男も女も一緒になって由利之丞のために膳を並べた。

「八巻様、お座りくだせぇ」

「どうれ」

用意された席に由利之丞はドッカと座り、わざとらしい高笑いまで響かせた。

美鈴が銀八のところへ寄ってきた。

「どうするの」

「どうすると訊かれてもでげすね、今さらどうにもならねぇですよ。由利之丞さんには若旦那の影武者を務めてもらうしかねぇでげす」

由利之丞は村人たちの挨拶と酌を受けている。まったくいい気なものだ。

続いてお初が寄ってきた。

「銀八兄さんは、あんなお偉い同心様にお仕えしてるだね！　オラ、嬉しくてならねぇだよ」

潤んだ目をキラキラさせて銀八を熱烈に見つめてくる。

途端に銀八の顔つきがシュッと色男ふうになった。

「まぁな。これでなかなか苦労も多いんだぜ」

広間で由利之丞が手招きする。

「銀八、こちらへ参れ。村の者たちに手柄話を聞かせてやれぃ」

村人は早くも酒が回ったような顔をしている。

「んだんだ。銀八親分、オイラたちからも頼むだよ」

お初も見ている。後には引けない。

「そうまで言われちゃあ、仕方がねぇな。自慢話はオイラの性に合わねぇんだが、江戸土産《みやげ》の代わりに聞かせてやらぁ」

銀八は広間に乗り込んで行く。お初もそそくさとついてきた。

美鈴は呆れ顔で見送った。

「銀八親分ねぇ……」

隻眼浪人の黒淵は柿の木によじ登って遠眼鏡を使っている。

名主屋敷には塀はない。塀で囲うことが許されるのは武家屋敷だけだ。だから庭の様子がよく見えた。

「八巻め、とうとう正体を顕《あらわ》しおったな！」

黒巻羽織と朱房の十手の由利之丞を確認した。

「我らの悪巧みを嗅ぎつけて来たのか。恐ろしい男だ！」

戦慄《せんりつ》が総身《そうみ》を走る。人斬り稼業の浪人をもってしても、身震いを押さえることができなかった。

冷たい雨が降ってきた。名主屋敷の障子戸を開けて銀兵衛が駆け込んできた。

「ああ、酷い雨だ。利根川の水嵩は引くどころか上がるばっかりだべ」

乙名の一人が迎えに出てくる。

「濱島先生は、どうなさってるんだべか」

「この雨に打たれながら、測量ってのを、していなさるだ。身体を壊さなければええがのぅ」

その時、「わあっ」と歓声が聞こえてきた。銀兵衛が顔を向ける。

名主屋敷の一室――板敷きの広間に農民たちが集まっていた。銀八が派手な身振り手振りを交えつつ話している。

「爛堂《らんどう》ってのは町医者に扮した大盗っ人だ。江戸の町人は爛堂のことを面倒見の良い医者だと信じこまされていたんだぜ。だけど、こっちは玄人《くろうと》だ。オイラと八巻の旦那はピーンと来た。どうにも爛堂が怪しいぜ。そこでオイラが病人のふりをして爛堂の診療所に潜り込み、探りを入れた、するってぇと！」

芝居ならここでツケ打ちが鳴らされるところだ。

「出るわ出るわ、悪事の証拠が山のように出る。さてこそ、とオイラは証拠の品をかき集め、南町奉行所へ一目散《いちもくさん》の韋駄天《いだてん》走り。ところが爛堂もさる者だ。一味の手下が逃がすものかと立ち塞《ふさ》がった。刀を抜いてオイラを取り囲みやがったんだ！」

農民たちがゴクリと唾を飲んで聞き入っている。

「オイラも江戸で評判の岡っ引き。こうなるだろうってことは先刻《せんこく》承知だ。そう慌てるもんじゃねぇ。首から下げた呼子笛をやおら取り出すってぇと、合図の笛を吹き鳴らした。江戸の夜空に響きわたる！　するってぇと旦那が風の如くに現れて、得意の剣術で悪党どもをバッタバッタと打ち倒す！」

　酔っぱらった由利之丞が立ち上がり、台所にあった擂粉木《すりこぎ》を握りしめると剣舞《けんぶ》の要領で踊りだした。芝居で身につけたチャンバラ踊りだ。

　銀八はますます良い調子で語りまくる。

「ウチの旦那のお刀が悪党の一人を打ち据える。峰打ちの一撃だ！　悪党め、オイラのほうに倒れ込んでくるもんだから、すかさずオイラは拳で当て身を食らわせる。これには悪党もたまらねぇや。気を失ったところをオイラはサッと捕り縄を取り出し、縛り上げていくんだが、旦那は蝶のように飛び回り、天衣無縫《てんいむほう》に剣を振るうぜ。悪党どもは次々とオイラの目の前に倒れてくる。これじゃあとうてい、手も縄も足りやしねぇや！　あん時は本当に往生したぜ！」

　そんな格好の良い捕り物をしたことなど、卯之吉も銀八も、ましてや由利之丞など、一度たりともないのであるが、話し始めると止まらない。口から出任《でまか》せで喋りまくった。お初と村人たちが純朴に信じ込んで感心したり歓声をあげたりするものだから、どうにも心地よくなってきた。

「たいしたもんだべ」

「名主の銀兵衛さんに、こんなご立派な甥御さんがいたとはねぇ」

農民たちが盛んに褒めそやす。

土間で聞いている銀兵衛も、笑顔で大きく頷いた。

＊

夕刻、名主屋敷に沢田彦太郎と濱島が帰って来た。大雨の中の測量で着物はずぶ濡れであった。蓑笠《みのかさ》の雨具を着けていても防ぎきれないほどの雨が降っていたのだ。

銀八は慌てる。

「由利之丞さん、同心姿を沢田様に見られたら大変でげす！」

酔っぱらった由利之丞の腕を摑んで屋敷の奥へと引っ張って行った。

台所に入ってきた沢田彦太郎がジロリと睨む。

「なんじゃお前たち、このわしが働いておったと申すに、呑気に酒宴を開いておったのか？」

村人たちはそそくさと退散した。台所が無人となった。

卯之吉も起き出してきた。濱島を迎える。

「ひどく濡れていますよ。銀兵衛さんが湯を沸かしてくれています。湯に浸かって温まったほうがいいでしょうね」
この〝湯〟とは入浴用の湯（風呂）のことである。
「門人たちを先に入れてください。わたしは後で良い。それよりも、話がありま
す」
濱島は青ざめた顔をしている。深刻な事態のようだ。
雨具を脱いだ濱島と沢田が板敷きの広間にあがる。名主の銀兵衛もやって来
た。美鈴と銀八も隅に控えた。
濱島は大きな地図を広げた。右手には朱墨《しゅぼく》の筆、左手には大福帳を持ってい
る。帳面には測量で得た数値が書き込まれてあり、その結果を朱色の線で地図に
書き込んでいった。
沢田が焦《じ》れたように身を乗り出す。
「して、測量の結果はどうだったのだ。いかにして壊れた堤を修築するのか」
濱島は顔を上げた。
「今のところ堤を直す手立てはございません。蘭学の技術をもってしても、怒濤
渦巻く中で普請（工事）を進めることはできませぬ。雨がやみ、川の水位が下が
るのを待つしかないのです」

「それでは困る！　公領の田畑は水没し続け、米も取れず、江戸には大水が押し寄せてしまうではないかッ」

「堤を直す手立てがない、と申しあげただけで、洪水への対処ができぬ、とは申しておりませぬ」

「なにを言うておる」

「壊れた堤より溢れ出た水が、田畑や江戸に向かわぬようにすれば良いのです」

「どのようにして」

濱島は測量してきた図面を指差した。

「溢れ出る水を受け止めるための溜め池を造ります。田畑《でんぱた》や江戸に向かおうとする水を、溜め池に引き受けさせるのでござる」

沢田は呆れた。

「溜め池を造るには何年もの歳月がかかる。今は火急の事態ぞ。とうてい間に合わぬ！」

濱島の目つきが鋭くなった。

「造る必要はございません。この地には、大昔から池があったのです」

「どこにあると申すか」

濱島は地図を指し示した。

「下総国の一帯には、広大な湖と沼地が広がっておりました。大雨の際には、水が湖沼に流れ込むことによって、大河の氾濫を防いだのでござる」

銀兵衛が「あっ」と声をもらして反応した。濱島がなにを言わんとしているのかを察した様子だ。

しかし沢田にはわからない。

「そんな溜め池がどこにある。その地図の指し示す辺りに広がっておるのは田畑だぞ」

「御公儀が埋め立てたのでござる。ご公儀は、それらの湖沼を干拓《かんたく》し、田圃や畑、すなわち新田に変えてしまった。かくして行き場をなくした大水が村々を襲い、江戸をも水底に沈めようとしている」

沢田は激怒した。

「新田の開拓は、民を飢えから救わんとする公儀の立案によるものぞ！　江戸には今、百万の民が暮らしておるッ。百万もの人数の胃袋を満たすために、関東中の湖沼を田畑に変える必要があったのだ！」

濱島も頷く。

「利根川に堤防を築き、川の流れを銚子の海へと導いたのも、干拓事業のため。しかし堤は切れ申した。そうとなれば、かつて湖沼だった場所に水を導くしかござらぬ。それ以外に、江戸を救う道はございませぬ」

「将軍家代々の事業で干拓した新田を元の沼地に戻すというのか！　わしの一存では許しを与えることはできぬッ」

濱島は決然と目を据えた。

「ならばお許しは頂戴いたしませぬ。わたしの一存でやります。新田の排水路を切り崩し、水を逆流させればそれですむ事」

「それですむ事、ではないぞッ。新田に流れ込むのは水だけではないッ。川砂や石も流れ込むッ。新田がまるで川原のようになってしまう。数年は使い物にならなくなろうぞ！」

砂と石で覆われた土地で田植えや畑作はできない。砂と石を取り除く作業に年月がかかるのだ。

濱島は、それでもやらねばならぬと思っている。

「放っておけば公領全域の田畑と江戸にも、川砂や石は流れ込みまするぞ。小を殺して大を生かす。この策をおいて他にはござらぬ」

言っていることは沢田にもわかる。沢田は頭を抱えてしまった。真っ青な顔で唸っている。

卯之吉は、のほほんと微笑を浮かべながら聞いている。

「なんだか、ずいぶんとお金のかかりそうな話になってきましたねぇ」

濱島は卯之吉に鋭い目を向ける。

「三国屋より出される御用金は、数年がかりの復興事業に堪えられましょうか」

「ウチだけで御用立てするわけじゃございません。江戸中の商人の財力を糾合《きゆうごう》すれば、どうにかなりましょうけれども」

「本当に、どうにかなりまするか」

卯之吉は「ふふっ」と笑った。

「江戸の商人を見くびってもらっちゃ困りますよ。江戸の町は家康様以来、二百年も続いてきたのですからねぇ。その間には富士山の噴火や大地震など、いろいろなことがありました。たった数年の不景気ごときで潰れるような、やわな商いはしておりませぬよ」

濱島もニッコリと笑った。

「ところで卯之吉殿、当座の御用金はどうなりましたか」

卯之吉は不思議そうな顔をする。

「そう言われてみれば……遅いですねぇ。昨日の夕方には着くように手配してあったのですが、どうしたんでしょうねぇ？」

他人事みたいな顔で言う。

千両箱をいくつも積んだ荷車の列が到着しないのだから、普通の神経の持ち主なら不安でたまらず胃に穴が空いているはずだ。

そこへ村の農民が走り込んできた。蓑笠の姿で庭に立って報告する。

「三国屋さんの荷が村に入りましただ！」

「ああ、やっと来たかえ」

卯之吉が腰を浮かそうとしたその時、バシャバシャと泥水を撥ねながら全身ずぶ濡れの蓑笠男が庭に駆け込んできた。雨の中、笠を取り、庭に両膝をついて挨拶する。

「八巻の旦那ッ、一ノ子分の荒海ノ三右衛門ッ、ただいま御前に参じやした！」

「ああ、親分さんも来てくれたのかえ」

名主の銀兵衛がサッと立ち上がる。

「あなた様は八巻様の子分さんですか。八巻様なら離れの座敷に……」

銀八が「あわわわわ！」と泡を食いながら駆けだした。いきなり庭に飛び下りた。

「や、八巻の旦那のところへご案内するでげす！」

三右衛門に抱きついて庭から外に押し出していく。まるで相撲だ。銀八も必死だ。火事場の馬鹿力というものであろうか。

「なにをしやがるっ、放しやがれッ」

三右衛門が振りほどこうとするが放さない。銀八は三右衛門を門の外まで押し出してしまった。

卯之吉は何が起こっているのかわからない。

「なんだろうねぇ、あの二人」

首を傾げた。

続いて手代の喜七が入ってきた。軒下に立ち、笠を脱いで、濡れた頭を手拭いでぬぐった。

「若旦那、ようやく到着できました。いやぁ、困りはてましたよ」

「この大雨だ。道も悪いし、船頭さんも、渡し舟を出すのをしぶったんだろうねぇ」

「確かに道が悪かったのもございますがね、それだけじゃあございません。三国屋を出立《しゅったつ》してから早々に、賊に襲われたんでございます。凶賊は、あの世直し衆でございますよ！」

喜七の報告に、卯之吉ではなく濱島が激しく反応した。

「世直し衆だとッ？　それは何かの間違いであろうッ」

「おや、濱島先生までおいででしたか。いいえ間違いじゃあございません。あたしらを襲って討たれた賊徒は、懐に『世直し衆　参上』と刷られた紙まで持っていましたからね」

源之丞がヌウッと入ってくる。

「俺が返り討ちにした。その後で役人の詮議も見届けたぜ。間違いねぇ。あいつらは世直し衆だ」

「馬鹿な！　公領の民の災難を救うための御用金を狙ったというのかッ。そんな事はあり得ぬッ」

いつも物静かな濱島が語気を荒《あら》らげて激昂するのを、卯之吉は不思議そうに見ている。

喜七は説明を続ける。

「源之丞様は峰打ちで悪党を二人ばかりお倒しになったのですが、気を失ったそいつらを、こともあろうに悪党仲間がとどめを刺しまして――」

またしても濱島が激怒した。

「仲間を殺しただとっ？」

「へい。左様です。血も涙もねぇ振る舞いでしたよ。世直し衆なんて綺麗事を言っていても、しょせんは悪党でございますねぇ」

「なにを――」

濱島は立ち上がった。そして突然、フラフラと倒れた。その場の全員が仰天する。座敷にいた者たちは腰を浮かせた。

卯之吉は濱島の額に手を当てた。続いて手首の脈を取った。

「熱がある。脈も早い。これはいけない。江戸から旅をしてきて疲れているのに身も休めずに、冷たい雨に打たれてしまったからだよ。銀兵衛さん、布団を敷いてくれないかね」

「へ、へいッ」

銀八に背負わせてきた荷が部屋の隅に置いてある。卯之吉は荷を開いた。蘭方医術の薬などが一通り入っている。小瓶《こびん》のラベルを確かめつつ、小皿の上で薬の調合を始めた。

八

荷車の列が名主屋敷に入った。千両箱は米蔵に運び込んで守る手筈となった。喜七が手際よく指示を出す。荒海一家の子分たちは屋敷の周りを取り囲み、眼光鋭く、睨みを利かせた。

その米蔵の裏に、銀八、三右衛門、梅本源之丞の三人がコソコソと集まっている。

「やい銀八ッ、手前ぇなんぞが、強面《こわもて》の岡っ引きだとッ」

三右衛門が鬼の形相で銀八に迫る。

「このオイラの立場は、どうなるってんだぃッ」

銀八の襟首を摑んでグイグイと搾る。銀八は恐怖に身を震わせた。

「話の流れで……つい、そうなっちまったんで……勘弁しておくんなせぇ」

「勘弁ならねぇッ」

「まあ待て」

梅本源之丞が割って入った。

「ここは銀八の生まれ故郷だ。親族も多く住んでおる。銀八とすれば故郷に錦を飾りたい一心でしたことであろう。銀八の思いも汲んでやれ」

銀八も涙目で訴える。

「若旦那への、あっしの日頃のご奉公に免じて、どうかご勘弁を」

三右衛門は「くそっ」と毒づきながら銀八を突き放した。銀八は尻餅をついて後ろに転がる。

「今回だけだぞッ。この貸しは高くつくからなッ。憶えておけ！」

「へいッ、ありがてぇありがてぇ」

銀八はその場で正座して、両手を合わせて拝みあげた。

三右衛門は「ふんっ」と横を向く。怒っている、というよりは不貞腐《ふてくさ》れているに近い。卯之吉のことになるとまるで子供だ。

銀八は続けて話した。

「ここでは、若旦那は同心様ではなく〝三国屋の若旦那〟ということになっているでげす」

「変装してのご探索ってことかいッ」

「そ、そういうことでげす……」

「なるほど。そういうことか。この村の連中は一人残らず旦那のことを江戸の商人だと信じ込んでいやがる。うむ！　さすがは旦那だ。抜かりがねぇぜ！」

三右衛門相手に説明するのが面倒臭い。誤解させておいたままのほうが良さそうだ。

しかし三右衛門は怒りだした。

「それをいいことに八巻の旦那に成り済ましてるのが由利之丞かッ。胸くそ悪いぜッ」

「影武者でげすよ。そういう子細《しさい》でござんして、話を合わせてやっておくんなさいでげす」

「しょうがねぇなぁ。これも旦那へのご奉公だ。男一匹、荒海ノ三右衛門。堪《こら》え難《がた》きを堪えてみせらぁ」

と、そこへ荒海一家の寅三《とらぞう》が駆け込んできた。

「親分、こちらにいなすったんですかい」

「なにか起こったのか」

「全身真っ黒な連中が、こっちィ目指して押し寄せて参《め》ぇりやす！　その数、ざっと三百人！」

三右衛門の顔に緊張が走る。

源之丞も刀を摑み直して立ち上がった。

「世直し衆が大金を狙って押し寄せて来たのかもしれんぞ」

三右衛門は袖を捲って太い腕を剝き出しにさせた。

「悪党の三百ぐらい、なんてこともねぇッ。叩きのめしてくれるッ」

二人と寅三は急いで屋敷の門に向かった。銀八も怯えながら後に続いた。

門前には荒海一家の子分衆と近在の農民たちが集まっている。

泥沼と化した田圃の彼方に黒々とした人数が見えた。畦道をこちらに押し寄せてくる。彼らが一斉に立てる足音が地鳴りのように響いてきた。

農民たちが囁きあう。

「ここに大金があることが知れ渡って、盗っ人たちが総出で押しかけて来たんじゃやねぇべか」

銀八はますます肝を潰した。

三右衛門は怯える銀八を見つけると、いちばん前まで引っ張って来た。

「銀八親分！　親分は八巻の旦那の一ノ子分だ！　オイラたちにお指図《さしず》を願うぜ！」

薄笑いまで浮かべている。三右衛門だけではない。子分たちもだ。

　こんな状況でも意地悪や悪ふざけをする余裕があるとはどういうことか。一方の銀八は驚いたり怖がったりで忙しい。

　卯之吉は広間に広げた地図に見入っている。

「さすがは濱島先生ですねぇ。大したものですよ」

　土地の高低差が赤い線で引かれている。

　そこへ美鈴が入ってきた。地図の横に座る。

「濱島さんは、お休みになりました」

「あたしが調合した薬が効いたかね。まずはよかった。あのお人は思い悩むことが多すぎて良く眠れない質《たち》だねぇ」

「そんなことがわかるのですか」

「首や背中の張りを見ればわかりますよ。あれでは身が持たないだろうねぇ。ますます寝付きは悪くなり、悪夢も見るようになる。目が覚めたら揉《も》み療治《りようじ》もしてみようかね。身体の凝《こ》りをほぐすことも大切ですからねぇ」

「あなた様は病人にはとてもお優しいのですね」

「そうですかね」

美鈴は、卯之吉からこんなに優しくしてもらったことがない。

美鈴はたいへんに寝付きが良く、どんなに悩んでいても夜にはぐっすりと就寝し、朝には元気一杯に目覚めてしまう。

（それがよくないのだろうか……）

などと口惜《くや》しく思った。

外の喧騒が伝わってきた。卯之吉は「おや？」と顔を上げた。

「大勢のお客がお見えになったようですよ」

美鈴は卯之吉ほど呑気ではない。

「世直し衆が、しつこく狙っているのかもしれません」

刀を摑んで早くも片膝を立てる。そこへ濱島の門人が入って来た。

「到着したのは、この地の普請のために先生が集めた者たちです」

「ああ、あたしが頼んでおいた人たちだね。利根川の堤が切れたせいで、思ってたよりも難工事になりそうだけれど、助かるよ」

「銀八親分の手下のヤクザ者たちが喧嘩腰で構えています。このままでは流血沙汰になりそうです。若旦那さんから何か言ってやっていただけませんか」

「銀八親分の手下のヤクザ者？」

卯之吉には、なんのことやらまったくわからない。

江戸から来た男たちが名主屋敷に入ってきた。垢と泥水で真っ黒な集団だ。元々が飢えて江戸に流れ込んできた者たちである。素性もよくわからない。人相もあまりよろしくない。

それでも卯之吉は愛想良く接する。

「皆様、よく来てくださいました。お腹がすいていらっしゃることでしょう。ただいまご飯を炊いております。あとしばらくお待ちください」

沢田彦太郎もやって来る。こちらは難渋《なんじゅう》な表情だ。

「働き手が大勢集まったのは良いが、信《しん》の置ける者たちなのか」

「溢れた水に、どうにかして対処しないといけないのですよ。信を置くしかないでしょうに」

「雨が降っておる。野宿させるわけにもゆかぬ。村々の家に分けて泊めるしかないが、面倒事も多そうだぞ」

「そこは内与力様のご威光で鎮めておくんなさいまし。お頼み申し上げますよ」

卯之吉は沢田の袖にスッと小判を差し入れた。

沢田が驚く。

「なんだこれは」

「手前ども町人がお役人様にお願いする時のご挨拶ですが？　この屋敷にあるのは三国屋がご用立てしたお金です。しっかりお頼み申します、と……」

「袖の下か！」

「あれ？　いらなかったですか」

「……もらっておく！」

沢田は「ウオッホン！」と咳払いしながら去っていった。

＊

濱島は高熱にうかされている。

全身がだるい。頭が痛む。吐き気もした。

つらい。子供の頃から濱島は病弱で、事あるごとに熱を出した。病床での友は書物だ。書物に熱中していると、憂いも悩みも忘れることができた。

濱島は動かぬ身体をよじり、枕元に手を伸ばす。

「母上、わたしの書物はどこですか」

するると母が答える。

「熱を出している時に本など読んではなりませぬ。身を休めることを第一になさい」

枕元に置いた本は母に取り上げられてしまったらしい。長い長い病臥《びようが》の時間を、いかに過ごせば良いというのか。

「母上、わたしは情けのぅございます。書物をお返しください」

「病を治すことに向き合わず、読書に逃げようなどという性根のほうが、よほど情けないですよ」

母の顔は逆光になっている。ぼんやりと霞《かす》んでよく見えない。

濱島は目を覚ました。

真っ黒に煤《すす》けた屋根裏が見えた。天井板も張られていない。障子を照らす日差しが眩しかった。

「ここは、公領の名主屋敷か……」

身を起こすと、小さな布が胸元にポトリと落ちてきた。この布は何だろう、と思ったのだが、自分の額にのせられていた熱さましの布だと気づいた。枕元には冷水を入れた盥《たらい》も置いてあった。

「お目覚めですか」

一人の女人《にょにん》が入ってきた。

「まだ熱は下がっていないのです。寝ていなければいけません」

そう言うと濱島を寝かしつけた。濱島はされるがままだ。頭も良く働かない。

女人は手拭いを水に浸して絞り、濱島の額にのせた。濱島が目を向けるとニッコリと微笑む。濱島はこの女人が誰なのか、ようやくに思い出した。

(卯之吉殿の許嫁《いいなずけ》か)

思案しようとすると頭が割れるように痛む。

「……こうして寝ている場合では……測量の続きをせねばならぬ……」

起き上がろうとすると、また寝かしつけられた。

「測量ならば卯之吉様が、あなた様のご門人を率いて代わりにやっています。変わったことだけは得意な人ですから、心配いりません」

「三国屋殿が」

濱島は布団の上にグッタリと伸びた。

「この大事な時に病に倒れるとは。我ながらなんとも情けない。やはり、起こしてくれぬか」

「不治の病ならばともかく、治る病なら、治すことに専心すべきです。病床にあって、くよくよと思い悩むことのほうが情けないです」

濱島はハッとした。美鈴の顔を凝視する。

美鈴は不思議そうに見つめ返す。

「どうしました」

「いや……あなたの言う通りだ」

濱島は大人しく身を横たえた。

美鈴は枕元で乳鉢《にゅうばち》を擂《す》る。漢方の薬種《やくしゅ》を粉にすると、火鉢にかけてあった薬《や》罐《かん》の中に投じた。

薬効成分がお湯に煮出される。湯呑茶碗に注いだ。

その様子を濱島が見ている。

美鈴は茶碗を濱島に勧めた。

「薬湯《やくとう》です。あなた様が目を覚ましたら飲ませるようにと言いつけられました」

濱島は身を起こして茶碗を受け取る。

「こんな田舎にも医師がいるのか」

濱島はちょっと飲むのをためらっている様子だ。

「腕の良い医師です」

「いただこう」

濱島は薬湯を飲み干した。

「苦い」

「それは、ようございました」

「なにゆえ」

「その薬を苦いと感じないようならば病は重い。苦いと感じたならば、快方に向かっていると、その医師は申しておりました」

「なるほど」

「寝てください」

濱島は茶碗を返して横たわる。美鈴は丁寧に夜着《よぎ》（掛け布団）をかけて裾まで整えた。濱島はじっと無言でいる。

美鈴は出ていった。薬湯の効き目であろうか、濱島はウトウトと眠りに落ちた。半分眠っているような状態で、台所から物音が聞こえてくる。

目を向けると、開けられた障子の向こう側——台所の竈《かまど》の前で働く美鈴の後ろ姿が見えた。それもまた、夢の中のような気がした。

どれくらい眠っていたのであろうか。濱島は目を覚ました。

美鈴が膳を運んでくる。

「食べることができますか？」

「ああ、だいぶ良くなった」

濱島は布団から抜け出した。美鈴が据えてくれた膳を前にして正座する。

「馳走になろう」

椀と箸を手に取る。食べたけれども正直に言って不味《まず》い。つづけて汁も飲んでみたが、こちらも不味い。濱島はしんみりとなった。

「公領の農民たちは、このように不味い食事に堪えているのか。なんとかしてやらねばならぬな……」

それを聞いた美鈴は激しく膨れっ面となった。

「わたしが作ったご飯は、どうせ不味いですよ……！」

小声で呟く。濱島は美鈴の憤怒《ふんぬ》に気づかない。

九

卯之吉は湿地の中をうろついている。広漠《こうばく》たる原野だ。背の高い葦が伸びている。濱島の門人たちが測量をしている。近くにそびえ立つのは筑波山。遠くに見える青い山は日光山だ。

銀八も一緒についてきた。背伸びをして遠望する。

「あのお山の麓に日光東照宮《とうしようぐう》があるんでげすか。遥か彼方でげす。あんな遠くまで上様が御社参に向かわれるんでげすかね」

「日光社参の話かい？ そうだね。日光に行くのは上様だけじゃない。幕閣《ばつかく》様方にお大名様。柳営《りゆうえい》（幕府）が丸ごと引っ越しするような騒ぎになるよ」

「そりゃあ、たいそうな物入りでげす」

「そうだねぇ」

徳川幕府の御金蔵が空になるような話だが、卯之吉には関心がないようだ。

「落ちていないかねぇ、身の丈が十丈の化け物の鱗《うろこ》。足跡でもいいよ。なにか痕跡はないかねぇ」

「まぁだ、あんな話を信じてるでげすか」

「銀兵衛さんたちの口ぶりから察するに、嘘偽りなく、そういうものがいたんだろうとあたしは思うよ」

「あっしは、遠くの入道雲を見間違えたんじゃねぇかと思うでげす。火を噴いたってのも、稲光じゃねぇのかと」

「入道雲と雷なら誰でも見慣れてるだろう。良く見知ったものを見間違えはしないよ」

源之丞が葦を踏み分けてやって来た。

「見回りしてきた。この近辺に怪しい者の姿はない。だが、世直し衆が御用金を狙っておるのは確かだ。用心せねばな」

「そうですねぇ。それじゃああたしは、ご門人の測量のお手伝いをしてから帰りますよ。化け物の痕跡は何も見つからないようだしねぇ」

その時、水没しかけた泥だらけの水戸街道を荷車の列がやってきた。卯之吉の目の前を通りすぎていった。

同じ頃、銀兵衛の名主屋敷では、同心の八巻になりきった由利之丞が肩で風を切って闊歩《かっぽ》していた。黒巻羽織と朱房の十手をこれ見よがしに見せつけている。

蔵の番をする寅三を見かけて声をかけた。

「おうッ、寅三！　抜かりはねぇだろうな。その蔵の金は悪党どもが目をつけていやがるんだ。しっかり見張れよ！」

寅三はヤクザ者だけに喧嘩っ早い。カッと頭に血を昇らせて由利之丞に迫る。

「調子にのりやがって！」

由利之丞は慌てて後退《あとずさ》った。

「オ、オイラは若旦那の影武者だよ。南町の八巻サマが名主屋敷にいる姿を悪党たちに見せつけようって策だ。そうすりゃあ、あちこち出歩いている本物の若旦那は安心して探索ができるってもんさ」

「クソッ、そういうことなら、しょうがねぇな……」

「了見したかいッ！　そういうこったからな、しっかり見張りやがれッ」

由利之丞はカラカラと高笑いしながら歩み去る。寅三は歯ぎしりをして見送った。

村人たちが感心しながら見守っている。

「さすがは八巻の旦那だべ。偉いもんだべ」

寅三は握った拳をブルブルと震わせながら持ち場に戻った。

蔵に戻った寅三と入れ違いになるようにして、馬を引いたお初が出てきた。

銀兵衛が慌てて走ってくる。

「お初や、どこに行く気だい。悪党たちがどこに潜んでるかわからねぇんだ。出歩いちゃあいけねぇだぞ」

お初は、祖父の心配などどこ吹く風だ。

「だから、村のみんなに報せて来るんだ。大丈夫。アオより速く走れる悪党なんかいないよ」

ヒラリと馬に跨がると、祖父の制止を振りきって走り出した。

「お待ち！　ああ、なんてぇことだべ……」

銀兵衛の嘆きをよそに、お初は走り去っていく。

＊

夕刻が近づいた。空は厚い雨雲で覆われている。どこもかしこも薄暗い。

そんな中を一台の荷車が進んでいく。一人の男が轅《ながえ》を引き、もう一人が後ろから押していた。朝方、卯之吉の前を通った荷車だ。

お初もこの荷車に気づいた。

「怪しいな」

薄闇に紛れつつ、こっそりと後を追《つ》けていく。

低地の中を延びる街道は、水没しないように土手を盛った上に造られる。土手の法面《のりめん》（斜面）には夏草も伸びていた。小柄な娘が身を隠すには十分だ。

お初は油断なく様子を窺う。

その荷車が変だ、ということにはすぐに気づいた。この近辺で車引きの仕事をしている男たちの顔は良く見知っている。だが、この荷車は見知らぬ浪人が引いていた。浪人には武士の誇りがある。荷車などは滅多に引かない。

浪人たちが何をどこへ運んでいるのか。お初の尾行は続く。


銀八は同じ雨雲を見上げた。

「お初ちゃんはどこへ行っちまったんでげすか。心配でげすなぁ」

お初の帰りが遅いので探しに来たのだ。村の中年男が二人ばかり、ついてきた。

「暗くなってきたでげす。なんだか気味が悪いでげす……」

村人は笑った。

「冗談言っちゃあいけねぇべよ銀八親分。江戸の岡っ引きが、暗闇なんか怖がるはずがなかんべぇ」

村人二人はケラケラと笑った。銀八は（そうだった、オイラは強面の親分ってことになってるんだったでげす）と思い出した。

「まぁな、これが江戸で流行《はや》りの冗語《じようご》ってやつだぜ」

銀八は格好よく袖など捲《まく》り、片腕を突き出した。その見得には格別の意味はない。

その時、村人の一人が「ああ」と声を上げて彼方の闇を指差した。

「お初ちゃんだべ。無事だっただな」

銀八は指で示された方角に目を凝らす。お初が、何に用心しているのか、何度も後ろを振り返りながら走っていた。

村人は首を傾げている。

「なんだか様子がおかしいだぞ」

そもそも農村の人々は、普通に暮らしている限り、滅多に走ることはない。走るのは何事か、緊急事態が起こった時だけだ。

村人は提灯を振った。お初が気づいてやってくる。銀八は迎える。

「おお、お初、無事だったかい。心配《しんぺ》ぇしたんだぜ」

亭主のような口の利き方になっている。お初も銀八を見て、大きく安堵した様子であった。

「銀八兄さんッ、おかしな浪人の二人組を見たよ！　利根川の堤になにかを仕掛けていたんだ！」

「なんだって！」

それはいかにも怪しい振る舞いだ。普段の銀八なら震え上がっているところだ。

ところが銀八は「よし！」と叫んでしまった。

「オイラが行って、質して来ようじゃねぇか」

江戸の親分気取りが抜けずに、うっかりと口走ってしまったのだ。

即座に後悔したが、お初が見ている。もう後には引けない。お初の両肩を摑んだ。

「お前ぇは名主屋敷に帰るんだ。八巻の旦那に報せ……」

お初は由利之丞を同心八巻だと信じている。由利之丞に報せても頼りにならない。銀八は言い直した。

「いいや、内与力の沢田彦太郎様に報せるんだ！　いいか、沢田様だぞ！　大事な役目だ。頼んだぜ」

「わかった」

お初が走り去る。銀八は村人の二人に顔を向けた。

「お前ぇたちはここで待っていろぃ！」

格好よく言い放つと、利根川の堤に向かっていった。


利根川の堤の土塁に、世直し衆の二人が杭を打ち込んでいる。

「ようし、火薬を仕掛けろ」

木箱から火薬の包みを取り出した。それは油紙に包まれていた。長い導火線が伸びている。

「足尾の銅山から盗み出した火薬だ。こいつで堤を吹き飛ばしてやる」

「将軍や老中の慌てふためく顔が目に浮かぶぞ」

二人はニヤニヤと笑いながら火薬を杭にくくりつけた。

導火線を長く伸ばす。一人が心配して空を見上げた。

「雨が降ってきたぞ。火縄を濡らして大丈夫なのか」

「辰次が言うには、硝石《しょうせき》を擦り込ませてあるんだそうだ。雨の中でも消えはせぬとのことだったぞ」

一人が懐から懐炉《かいろ》を取り出した。中には火種が入っている。導火線の先に火を着けた。

シューッと煙をあげながら導火線が燃えていく。

「よしっ逃げるぞ！　爆発に巻き込まれたらかなわぬ」

悪党二人は堤の土手を駆け下りた。

銀八は利根川の堤を目指している。相変わらず道はぬかるんでいて、草鞋の裏が良く滑り、何度も転びそうになった。

すると、謎の男たちがこちらに向かって走ってくるのが見えた。

「あいつらだな」

振り返ると、村人二人がこちらを見ている。ますます逃げ出すわけにはいかない。

（まぁ、大丈夫だ。八巻様の名を出せば、逃げていくに違いねぇでげす）

呑気にもそう決めつけて、大声を放った。

「やい、お前ぇたち。オイラは江戸の南町奉行所の同心、八巻卯之吉様の手下を務める銀八親分ってぇ者《モン》だが」

自分で親分を名乗るのは変だが、親分という立場に慣れていないので仕方がない。

とにもかくにも声をかけると、謎の男たちが目に見えて緊張した。

「南の八巻の手下だとッ？」

銀八は感心した。

（さすがはウチの旦那でげす。こんな田舎まで評判が伝わってるんでげすな）

そういうことなら、と、格好よく見得を切る。

「いってぇ何をそんなに急いでいやがるんだ。どう見ても怪しい風体《ふうてい》だぜ」

謎の男たちが一斉に刀を抜いた。

銀八は一瞬にして震え上がった。

（こっ、こいつら、逃げねぇんでげすか？）

一人が斬りかかってきた。

「ひえええぇッ」

途端に草鞋の裏が滑った。銀八はその場で派手に転倒する。

お陰で刀が空振りした。悪党は「くそっ」と毒づいた。

「さすがは八巻の手下、わしの一刀を避けおったな！　だが、次はそうはいかんぞッ」

その両目は殺気でギラギラしている。悪鬼の形相だ。しかももう一人の浪人が銀八の背後に回って退路を塞いだ。

「ひえっ、お、お助けッ」

銀八は葦の群生の中に逃げる。道から外れるとそこは湿地だ。草鞋の底に泥が張りつく。まったく上手く走れない。

「覚悟しろッ」

浪人二人にたちまち追いつかれた。浪人は刀を振り上げる。銀八は斬られることを覚悟した。悲鳴をあげて頭を抱えた。

その瞬間、何者かの影が割って入った。浪人が「うわっ」と叫んで飛び退いた。

銀八は顔を上げる。そして叫んだ。

「源之丞さん！」

源之丞は銀八を背後にかばって仁王立《におうだ》ちする。

「お前ぇの帰りが遅いから探しに来たんだ。そうしたら、ずいぶんと面白そうなことをしてるじゃねぇか」

源之丞の言う〝面白そうなこと〟というのは喧嘩や斬り合いのことだ。

「ぜんぜん面白くねぇでげすよ」

銀八は泣きたい思いだ。地獄で仏の嬉し泣きが半分である。

源之丞は眼光鋭く浪人二人を睨みつけた。

「この二人は悪党なのかよ？　退治しちまってもいいのか」

「存分に退治してやっておくんなせぇ！」

源之丞は腰の大刀を抜いた。大上段に大きく構える。

その気迫に悪党たちは思わず後退る。

「お、おのれッ」

悪党は決死の覚悟で突きを繰り出す。刀の切っ先が源之丞の喉に向かって伸びた。

源之丞はブウンッと刀を振り下ろした。敵の切っ先を打ち払う。ガキンッと凄まじい音がした。

浪人は無様に体勢を崩す。源之丞の重たい剛剣は受けきれない。

源之丞はすかさず斬撃《ざんげき》を繰り出す。

浪人は刀で辛くも受けた。だが、その刀を叩き落とされてしまう。武芸の力量が隔絶していた。

もう一人の浪人が斬りかかる。仲間を救おうとしたのだ。

源之丞は素早く足を踏み替えると、振り向き態《ざま》の剣を横殴りに振るった。相手の胴をしたたかに打つ。峰打ちだ。

「ぐわっ！」

悪党浪人は腹を強打され、悶絶しながら倒れた。

もう一人が刀を拾い上げて叫んだ。

「とうてい敵《かな》わぬ！」

自分は助けてもらったのに、仲間を見捨てて一人で逃げていく。

「待てッ！」

源之丞は追っていく。

銀八は倒れた浪人に目を向けた。

「ああ……、なんで、こんなことになっちまったんでげすか」

お初の前で良い格好をしたいと思い、調子にのったばっかりにこの有《あ》り様《さま》だ。

ともあれ腰から下げた捕り縄を解いた。失神した浪人の身体を起こして縄をかけていく。

そこへ村の者たちが駆けつけて来た。縄をかけている銀八を見て仰天する。

「銀八親分ッ、そいつら、悪党だったのか！」

銀八はサッと表情を変えると、ギリギリと縄を絞った。

「そういうこった。どんな悪党も、オイラの目から逃れることはできねぇのさ」

幸い、無様に逃げ回っていた姿は、葦の群生の中だったので、目撃されずにすんだようだ。

「あっと言う間にお縄に掛けちまうなんて、さすがだべ……」

村の者たちは感心が半分、戦慄《せんりつ》が半分の顔つきで見つめている。

「ようし、これでいいぜ。八巻の旦那に突き出してやる。悪党め、オイラの目についたのが運の尽きだ」

などと言っていた、その時であった。一瞬、視界が真っ白になった。強烈な眩しさが辺りを包み込んだのだ。

銀八は稲妻かと思った。直後、凄まじい爆音が轟く。

銀八はその場でひっくり返った。

激しい風が葦原を揺らす。村人が彼方を指差した。

「あっ、あいつだべ！　また、化け物が現れたァ」

真っ黒な巨体がモクモクと立ち上がる。全身がガマガエルのイボのように膨れていた。そして真っ赤な火を噴いていた。

銀八は再び腰を抜かした。村人たちと一緒になって、何度も転びながら名主屋敷へ走って逃げた。お縄をかけた悪党になど、構っている余裕もなかった。


名主屋敷では卯之吉たちが黙々と食事をとっていた。

椀を手にした由利之丞が首を傾げている。

「このご飯を作ったのは美鈴さんじゃないか？」

この不味《まず》さには覚えがある。などと言っていたその時、ズドーンと大きな音がした。屋敷の障子がガタガタと揺れた。

「なんだいッ」

由利之丞は立ち上がろうとして転んだ。その姿を村の人に見られなくて良かった。呑気者の卯之吉もさすがに外に出る。

名主屋敷の前庭には、銀兵衛と、屋敷で働く下男下女が集まっていた。

「何があったんですかね」

卯之吉が質しても、誰も返事に要領を得ない。何が起こったのか、地元の人間でもわからない様子だ。

しばらくたって、銀八と源之丞と村人の二人がヘトヘトになりながら駆け込んできた。

銀八が卯之吉に訴える。

「若旦那ッ、出たァ。大化け物でげすッ」

「なんだって！」

卯之吉は雪駄も草鞋も履かずに足袋《たび》のまま地面に飛び下りた。屋敷の垣根の外に出た。夜の闇に向かって道が延びている。だが、化け物の姿は見えない。

そこへ村の外れから農民たちが大勢で逃げてきた。

「利根川の堤が、また、崩れただぞッ！　大水が来るぞォ！」

地鳴りのような音が響いている。決壊した水の轟音《ごうおん》だった。

由利之丞が銀兵衛に詰め寄っている。

「こ、このお屋敷は、大丈夫なのかいッ？」

「ここは高台に建っているから大丈夫ですだ。だども村の半分は水に浸かっちまいますだ！」

沢田彦太郎も名主屋敷に戻ってきた。

「またしても堤が切れたのかッ」

その顔は引きつっている。

「なにか手を打たねばならんぞッ。いかにするッ？」

卯之吉の顔を見る。卯之吉はとぼけた表情で小首を傾げた。

「あたしに訊かれましてもねぇ？」

轟音はますます激しい。地面までもが揺れていた。

それでも卯之吉はまったく他人事の顔つきだ。

「それはそうと！」

急に勢い込んで銀八に迫った。

「お前は確かに見たんだね、身の丈が十丈の大化け物を！」

「へ、へい。見たでげす。ドカーンとでかい音がした後で、ムクムクと頭を擡《もた》げて立ち上がったでげすよ」

「ふーん。堤を壊す大化け物は実在したってわけかい。面白い！　下総にまで旅してきた甲斐があったってもんだよ」

「どうするんでげすか。まさか、捕まえる、なんて言い出さねぇでしょうね」

「捕まえたいねぇ」

「荒海一家が総出でかかっても無理でげすよ。あの大化け物、火まで噴くんでげすから」

などと言っている間にも屋敷の庭に大勢の避難民がやって来た。泥水にまみれた農家の家族だ。泣いている赤ん坊もいた。

庭に立った銀兵衛が励ましている。

「上様がお届けくださった御用金がある！　皆が一年、食っていけるだけの大金だべ。家を建て直すこともできるだぞ。気を病むことはねぇんだ。自棄を起こしちゃいけねぇだぞ」

村人たちは明るさを取り戻したような顔つきだ。卯之吉は感心している。

「お金ってのは、有り難いもんだねぇ」

「三国屋から出た金でげすよ」

そこへ濱島与右衛門がやってきた。卯之吉はその顔色を目で見て診察する。窶《やつ》れの残った顔つきであった。

「まだ寝ていたほうがよろしいですね」

「寝ている時ではござらぬ」

濱島は下総の地図を広げた。

「もはや一刻の猶予《ゆうよ》もござらぬ。新田に水を流し込むのでござる」

「それはならぬッ」

沢田と濱島が睨み合う。一触即発だ。

「御公儀の長年の成果である新田を水泡《すいほう》に帰《き》すことは、到底容認できん！」

「ならばこの村の民と田畑は見捨てると申されるかッ。それが御公儀のやり方でござるのかッ」

「いや、そこまでは言っておらぬが……」

沢田は濱島の迫力に圧されてタジタジとなっている。

「上様やご老中様方のお許しもなく新田を水没させることはできぬ、と言っておるのだ」

卯之吉はヘラヘラと笑っている。

「沢田様が切腹することになってしまいそうですねぇ」

「笑っておる場合かッ。わしの腹だぞッ」

そこへ村の乙名たちがやって来た。銀兵衛に耳打ちする。

銀兵衛はギョッとなった。

「お初が、帰って来ていない？」

激しく反応したのは銀八だ。濱島と沢田は卯之吉を交えて激しく論じ合っている。しかしそれどころではなくなってしまった。

十

街道は高く盛った土の上に作られている。周囲の景色がよく見える。

「まったく、酷い出水《でみず》でげすなぁ」

切れた堤からは、いまだに水が溢れ続けているらしい。周囲の葦原が水没し、川魚が跳ねていた。

「急いでお初を見つけよう。悪党も潜んでおるはずだ。連れ帰らねば大変なことになる」

「へい。だから源之丞様に用心棒を頼んだでげす。困ったでげすなぁ」

銀八はお初を探して彷徨《さまよ》い歩いた。おっかなびっくりの足どりだ。

魚が大きく跳ねた。源之丞は顔つきを変えた。

「おい、何者かがこちらにやって来るぞ」

銀八も伸び上がって目を向けた。荷車を運ぶ三人の姿が見えた。近在の農民の姿ではない。

「この大水なのに行商でげすか」

「だからこそ怪しいのだ。隠れてやり過ごそう」

源之丞は銀八の尻を押して葦の群生の中に潜り込んだ。

銀八たちの前を、怪しい男たちが荷車を引き、あるいは後ろを押しながら進んでいく。

男たちの無駄口が聞こえてきた。

「上手くいったな。村じゅうが水浸しだ。ざまぁねぇぜ」

「江戸から来ている役人どもも大慌てをしておったぞ」

「もう一ぺん、堤を崩してやりゃあ、江戸までのぜんぶが水浸しだ。徳川の天下もひっくり返るぜ」

「新しい天下になりゃあ、ご褒美もたんまりと出る。いいや、俺たちが大名に取り立てられるかもわからねぇぞ」

男たちは大笑いした。銀八と源之丞は顔を見合わせた。

男たちの無駄口は際限なく続く。重い荷車は泥に車輪を取られてなかなか進まない。

「だけどよ兄ィ、南町の八巻はおっかねぇぜ」

「なぁに、こっちは日立《ひたち》ノ友蔵《ともぞう》親分に加勢を頼んでいる。明日中には援軍が到着するはずだ。友蔵親分の身内は凄腕揃いだ。心配《しんぺ》ぇいらねぇ」

荷車は車軸を軋《きし》ませながら遠ざかっていった。

源之丞と銀八は道に戻った。

「悪党どもめ、とんでもないことを企んでおるようだな。利根川の堤を崩したのは大化け物ではなく、やつらの仕業か」

「すぐに、若旦那に報せるでげす！」

走り出そうとした銀八の帯を源之丞が摑んで止めた。

「やつらの隠れ家を突き止めるのが先だ」

「突き止めてどうするんでげすか」

「捕り方で隠れ家を取り囲み、一網打尽《いちもうだじん》にするのだ」

「まさか、あいつらの後を追《つ》けよう、なんて言い出すんじゃねぇでしょうね。見つかったらただじゃ済まねぇでげすよ」

源之丞はニヤリと笑う。

「日立ノ友蔵の子分たちとやらが加勢に駆けつけると言っていた。見つかったなら、友蔵の身内を名乗れば誤魔化すことができそうだ。さぁ、行くぞ。堂々としろ」

「なんでそんなにやる気満々なんでげすか」

「面白いじゃないか！　この長雨で気が塞いでおったところだ。良い気晴らしになるぞ！」

源之丞は銀八に顔をグイッと近づける。

「お初が悪党に捕まっていたらなんとする。隠れ家を突き止めれば、救い出す手もあるんだぞ」

源之丞は荷車の後を追っていく。銀八も恐る恐る、後に続いた。

＊

卯之吉は名主屋敷の縁側に紙を広げて熱心に筆を走らせている。

庭には村人たちが立っている。卯之吉は、根掘り葉掘り、大化け物の話を聞き出した。話を聞きながら想像で化け物の絵を描いた。

描きあがった絵を皆に見せる。

「こんな感じだったかね？」

村人たちが頷いた。

「へい。よく描けてるでげす」

名主の銀兵衛が庭に立って呼んでいる。

「おーい。みんな集まってくれ」

出水の対処で忙しいのだ。村人たちは一礼して去った。卯之吉は自分が描いた絵を見つめている。「ふーむ」と唸る。そこへ濱島がやって来た。

「大化け物の正体探しですか」

「ええ、そうです。あたしはこういう話が大好きでしてね。とんだ道楽者です。濱島先生はこの絵を見て、どうお考えになりますかね」

「火薬の爆発の煙でしょうね」

「あたしもそう思いましたよ。火薬の煙はモクモクと立ち上《のぼ》る。暗い夜なら大《おお》入道《にゅうどう》が立ち上《あ》がったように見えるでしょう。火薬の炎は化け物が火を噴いているようにも見える」

「火薬の爆発と黒煙などは、鉱山で働く者ぐらいしか見ることもない。あとは蘭学の実験か。このあたりの農村では見ることも聞くこともなかったでしょう。村人たちが勘違いしたのも頷けます」

「火薬なら、一発で堤を崩すこともできたでしょうね」

その次に、二人はまったく違う感想を同時に言った。

「何者かが公領の民を塗炭《とたん》の苦しみに落とそうとしている」

「化け物は、いなかったのですねぇ」

あまりにも違う感想なので濱島が卯之吉を凝視した。

「ずいぶんと呑気ですね」

卯之吉も自分の能天気さに気づいた様子で照れ笑いした。

「あたしは生まれついての道楽者ですから。勝手気ままなことしかやらないし、考えないのですよ」

「その生き様では、誰からも理解されないでしょう」

「ええ。まったく理解されませんねぇ。されたいと思ったこともないです」

濱島は卯之吉をじっと見つめた。

「孤独は無明《むめい》の闇だ。学問も理想も、誰からも理解されることがなければ闇の中に堕ちていく。虚しくなることは、ないのですか」

「ないですねぇ。闇なんかあたしの周りにはどこにもないですよ？　毎日楽しくて仕方ないです」

「なぜ、と聞かれましてもねぇ？」

そこへ美鈴がやって来た。

「銀八さんがいなくなってしまいました」

「どこへ行ったんです」

「お初さんを捜しに行くと言ってましたが……」

「いけないねぇ。この大水だってのに」

卯之吉は沓脱《くつぬ》ぎ石に揃えてあった雪駄を履く。庭に下りた。外に出て行こうとすると美鈴は慌てて止めた。

「どちらへ行こうというのです！」

「銀八を捜しに行くんですよ」

「いけませんッ。悪党がうろついているのですよ！」

「悪党はこの屋敷の蔵を狙ってるんでしょう？　あたしには目をつけませんよ」

「道に迷ったらどうするのです！　ああ、せ、雪駄履きで出て行くおつもりですか！」

やいのやいのと言い合っている。その様子を濱島が見ている。

「卯之吉殿は、無明の闇に迷うことはないのか……」

いつも誰かに世話を焼いてもらっている。だから孤独ではない。

＊

野原の只中《ただなか》に一軒のあばら家が立っていた。謎の荷車は、あばら家の前につけられた。いかにも一癖ありそうな悪人ヅラの中年男があばら屋の中から顔を出した。

「おう、待ってたぜ。火薬は濡らしちゃいねぇだろうな」

「辰次兄ィ、ぬかりはねぇぜ」

物陰から源之丞と銀八が様子を窺っている。

「火薬と言ったぞ？」

「大変でげすッ」

「あの辰次という男は火薬師らしいな」

辰次は箱の蓋を開けて中身を検《あらた》めている。

源之丞は合点して大きく頷いた。

「そうか、わかったぞ。火薬を使って利根川の堤を壊したのだ。火薬ならば、頑丈な土手をも容易に破壊できる」

「すぐ、沢田様に報せるでげすッ」

這《は》ったまま走りだそうとした銀八を源之丞がとめた。

「見ろ。悪党が大勢、押し出してきやがった」

悪党たちは次々と広場に集まる。いつの間にか銀八たちは取り囲まれる格好になっていた。

「おい、そこで何をしている」

「まずい、見つかったでげす」

「仕方がない。腹をくくれ」

源之丞はユラリと立ち上がった。

「我らは日立ノ友蔵一家の身内だ。加勢に駆けつけて参った」

堂々と名乗り出られてしまい、銀八は激しく動揺した。しかしもはや後戻りはできない。

源之丞は身なりの派手な傾奇者《かぶきもの》だ。とても堅気《かたぎ》の武士には見えない。相手は納得したようだ。

「さいでしたかい。それで、お二人だけですかい」

「他の者たちは明日以降になる。この長雨でな、船頭たちが渡し舟を出そうとせぬ。川が渡れぬのだ」

「なるほど、さもありなんだ。さぁどうぞ、入っておくんなせぇ」

源之丞は「うむ」と頷いてあばら屋に入っていった。銀八も続かざるをえない。

「なんでこんなことになっちまうんでげすかねぇ」

後悔しても始まらない。運を天に任せるしかない。

あばら屋の中には板敷きの部屋があった。窓を閉め切った薄暗い中に悪党たちが三十人近くも車座になっていた。後ろのほうで目立たぬようにコッソリと源之丞と銀八が座った。

悪党たちが無駄話をしている。

「名主屋敷に八巻と手下の銀八が来ているらしいな」

「ああ、油断がならぬぞ」

銀八はギョッとした。袖でサッと顔を隠して身を縮める。

「あっしの顔を見知った奴に見咎《みとが》められたら、こっ、殺されちまうでげすよ」

源之丞は近くの荷物箱から眼帯を摑み取った。隻眼の浪人、黒淵の、替えの眼帯だ。

「これで人相を隠しとけ」

銀八は眼帯を着けた。さらには口に〝含み綿《わた》〟をした。頰をふっくらとさせて人相を変える。初歩の変装術だ。

源之丞が耳打ちする。

「良いか、あいつらがどこに火薬を仕掛けるのか、聞き逃すなよ」

「が、合点でげす」

含み綿で口をモゴモゴとさせながら銀八は答えた。

いちばん奥にドッカと座った辰次が皆を見回した。

「おうっ、よく集まってくれたな。俺が今回の束《たば》ねを仰《おお》せつかってる、火薬師の辰次だ。よろしく頼むぜ」

車座になった悪党は野太い声で「へい」と答えて一礼した。

辰次は地図を広げた。利根川の堤が描かれている。濱島が作った地図と比べると、稚拙そのものの出来だった。

地図を示しながら語りだす。

「オイラはこれまでに二度、火薬を仕掛けて、堤を吹き飛ばしてやった。水は溢れ出したが、まだまだ足りねぇ。堤は思ったよりも頑丈だったぜ」

辰次は部屋の隅にチラリと目を向ける。火薬の木箱が三つ、積まれてあった。

「残りの火薬を使って、今度こそ、公領を残らず水浸しにしてくれようぜ」

するとヤクザ者の一人が不安そうに口を挟んだ。

「だけどよ兄ィ、南町の八巻と、内与力の沢田ってのが乗り込んで来ていやがるんだ。油断ならねぇぜ」

辰次は不敵な面付《つらっ》きだ。

「案じることはねぇぞ。銀兵衛の屋敷には見張りを張りつけてある。八巻は屋敷に居続けだ。どこにも出かけちゃいねぇぞ」

源之丞が小声で銀八に確かめる。

「それは、由利之丞のことか?」

「そうだと思うでげす」

その時であった。「キャアッ」と女の悲鳴が聞こえた。

巨漢の悪党が小屋に踏み込んできた。手に荒縄を握っている。

「大人しくしろッ。さっさと入りやがれッ」

伸びた荒縄の先には男女の二人が縛られていた。巨漢は手荒に縄を引っ張る。男女の二人を小屋の中に引きずり込んだ。車座になった悪党たちの真ん中に、男女の二人が相次いで倒れた。

銀八は仰天した。

（お初ちゃんッ？　わ、若旦那まで！）

捕まったのはお初と卯之吉だったのだ。卯之吉は倒れた拍子に腰を打ったのか、「あいたたた」などと呑気な声をあげている。

巨漢が自慢げに語りだす。

「この小屋を覗いていやがったんだ！　俺が捕まえてやった」

辰次が「ほう」と歩み寄ってきて、お初の顎に手をやった。グイッと上を向かせる。

「お前ぇは銀兵衛の孫娘だな。俺たちに探りを入れてやがったのか。油断がならねえ」

続いて卯之吉の前に屈み込む。

「手前ぇは何者なんでぃ？」

卯之吉は正座し直して答えた。

「江戸の商人、三国屋の孫で卯之吉と申します」

そのナヨナヨとした物腰を見て、剣豪同心の八巻を連想できた者はいないだろう。別に変装をしているわけでもなければ、身分を偽っているわけでもない。実に自然な〝若旦那の態度〟だ。

辰次は不気味に笑った。

「俺たちの隠れ家を見つけちまったのなら、仕方がねぇ。お前たち二人にゃあここで死んでもらうぜぇ？」

卯之吉は「ヒイッ」と悲鳴をあげた。白目を向いて倒れ込む。辰次はさすがに驚いている。

「なんだコイツ、もう、気を失っちまいやがったぞ」

車座の悪党たちはゲラゲラと笑った。

「とんでもなくひ弱な野郎だ！」

皆が大笑いをしている中で、源之丞と銀八だけが困惑している。

「おい銀八、どうする」

「どうするって訊かれても、困ったでげす。ど、どうすれば――」

と、その時、銀八の頭に名案が浮かんだ。

「そうだ」

その声は、ついうっかり、銀八自身が驚くほどに大きかった。悪党たちが一斉に目を向けてきた。

銀八は震え上がった。口から魂が飛び出すかと思ったほどだ。卯之吉のように失神しそうになっている。だが、ここで気を失ったら助からない。

「ちょっと待ちねぇ。オイラに良い考えがあるぜ」

銀八は言い放った。自分でもどうしてそんなことを言ってしまったのかわからない。ついうっかり、ではすまされない。

辰次は怪訝《けげん》な顔をした。銀八の素性を疑っているのは明白だ。

「なんでぇ、お前ぇは」

(もう、破れかぶれでげす……！)

銀八は立ち上がった。途端にクラリと立ち眩《くら》みがした。

凄みを利かせた男たちが銀八を睨みつける。恐ろしい形相だ。

(もういけねぇ。気を失いそうでげす……)

命懸けで虚勢を張らなければならない。銀八は自分を叱咤して胸を張る。

「オイラは日立ノ友蔵一家の、銀ぱ……銀八郎《ぎんぱちろう》ってぇ者《もん》だ。磐城相馬《いわきそうま》の街道筋じゃあ、ちったあ名の知られた男だぜ」

辰次が眉根を寄せる。

「ヤクザ者には、とても見えねぇぞ」

銀八はニヤッと不敵な笑みを浮かべた。

「いかにもだ。オイラは腕っぷしで友蔵親分にお仕えしているわけじゃねぇ。オイラの得意はココさ」

自分の頭を指差した。

「まあ、軍師ってやつだな」

「抜かしやがるじゃねぇか」

「オイラの頭の冴えをこれからお目にかけてやらァな」

気を失って倒れた卯之吉の衿を摑んで座り直させる。

「まずコイツだ。殺すにゃあ惜しい。三国屋は江戸一番の大店《おおだな》だ。金蔵には千両箱が山と積まれてらぁな。この若旦那を人質にして身代金を吐き出させるんだ。軽く見積もって、五千両はせしめることができるだろうぜ」

辰次は仰天した。

「銀八郎さんって言ったな。今の話は本当か」

「本当だ。請け合うぜ。なんなら俺が三国屋に乗り込んで、話をつけて来てやってもいいぜ」

巨漢の悪党が素直に感心している。

「さすがは日立ノ友蔵親分のお身内だ。てぇしたもんだ」

銀八は「ふんっ」と得意気に鼻を鳴らすと、続いてお初の前でしゃがみ込んだ。

「こっちの娘も殺すには惜しい。ウチの大親分好みの美形だぜ。オイラが日立に連れて帰って、大親分に献上してやらぁ」

お初はハッと気づいた。銀八は（大丈夫だ）と思いを込めて頷き返した。

銀八はスックと立ち上がる。

「大親分は生娘《きむすめ》がお好みだ。手前ぇら、大親分への献上品に手をつけるんじゃねぇぞ！」

言い放つと辰次は大きく頷いた。

「ようし、そいつらの扱いは銀八郎さんに任せたぜ。俺たちは火薬の仕掛けだ！今度こそ利根川の堤を残らず崩しきってやる！」

悪党たちが「おう！」と叫んだ。ゾロゾロとあばら家を出て行く。銀八は腕など組んで見守っている。まさに軍師の貫禄だ。

源之丞が銀八の袖を引いた。小声で囁く。

「おい、やりすぎだぞ」

銀八の返事はない。袖を引かれて倒れ込んだ。源之丞は慌てて抱き留める。顔を覗いてびっくりした。

「おい、気を失っているのか」

やれやれ、と首を振る。

「立ったまま気を失う卯之さんも器用な男だが、気を失ったまま熱弁を振るうお前も器用極まる」

卯之吉と銀八の二人が並んで気を失っている。面倒をかける男たちだ。

十一

夜は更《ふ》けていく。ヤクザ者たちが火薬の箱を荷車に積んで進んでいく。

その様子を物影から源之丞と銀八が盗み見ている。

「動き出したな」

「松明も提灯も掲げていねぇでげす」

「火薬を運ぶのだからな、火《ひ》の気《け》を遠ざけるのは当然だ」

源之丞は頃合いを見計らって手を振った。

「俺は名主屋敷まで走って沢田彦太郎に事の次第を伝えてくる。お前は卯之さんとあの娘を救い出せ」

「へ、へい……やってみるでげす」

源之丞は銀八を残して闇の中へ走った。

＊

銀兵衛の名主屋敷の庭に煌々《こうこう》と篝火が灯された。庭の真ん中で陣笠をつけた沢田彦太郎が床机《しょうぎ》に腰掛けて、焦燥《しょうそう》しながら報告を待っていた。

役者の由利之丞がお茶を盆にのせて運んでくる。

「どうぞ」

沢田は湯呑茶碗には手を伸ばさずに由利之丞を睨みつけた。

「なにゆえ同心の姿をしておるのかッ。仕置きいたすぞッ」

由利之丞は唇を尖らせた。

「おいらは影武者だよ。三国屋の若旦那と、同心の八巻様が同じ人だと露顕しちまったら、困ることになるのは沢田様じゃないか。三国屋の大旦那から大金をせしめて、若旦那を同心にしたのは沢田様だろう？」

沢田は「うぬぬぬ」と唸って湯呑を摑んだ。思い切り鷲摑みにしてから「熱いッ」と手を放した。

同じ庭には荒海ノ三右衛門も立っている。こちらも激しく苛立《いらだ》っていた。

「八巻の旦那……じゃねぇ、三国屋の若旦那はいつもの神出鬼没かッ。お一人で探索に出て行かれるなんて水臭いぜッ。いっくら剣の使い手でも、相手は大勢の悪党だ、気が揉めてならねえ！」

何重にも勘違いをしている。

一家の子分が駆け戻ってくる。三右衛門に報告する。

「三国屋の若旦那のお姿も、悪党どもの姿も、まったく見当たりませんぜ」

報告を聞いて、三右衛門ではなく沢田彦太郎が激怒した。

「悪党は必ずどこかに潜んでおるのだッ。見つからぬはずがあるまいッ。きちんと見て回ったのかッ」

三右衛門が負けじと怒鳴り返す。

「オイラの子分の働きがあてにならねぇってぇ物言いですかいッ」

三右衛門と沢田彦太郎が睨み合う。二人して鼻息が荒い。

脇に控えて聞いていた名主の銀兵衛が「まあまあ」と割って入った。

「下総は広ぅございます。村々で皆が暮らしておれば、よそ者の姿にはすぐに気がつきまするが……。今は村人も避難しており、村々に人がおりませぬ。見つけだすことは至難かと……」

「ええいッ」

沢田は憤怒を隠さない。馬上鞭《ばじょうむち》を振りおろし、地面をビシッと叩いた。

荒海ノ三右衛門も気持ちは一緒である。子分たちに手を振った。

「行けッ、必ず見つけ出してこいっ」

子分たちは庭から走り出ていった。

そして、何かに気圧《けお》されるようにして、後ずさりして戻ってきた。

「ええい、退《の》け、退けッ」

梅本源之丞が肩を怒《いか》らせながら駆け込んできた。

「悪党どもの隠れ家を見つけたぞ！　悪党どもは今宵《こよい》、火薬で堤を崩す算段だ。急いで捕り方を出せ！」

沢田彦太郎が駆け寄る。

「曲者どもは、いずこに火薬を仕掛けるつもりなのかッ」

「地図は、あるかい」

名主屋敷の奥から濱島が出てきた。

「わたしの地図でよければ」

濱島が広げた地図を皆で覗き込む。源之丞は地図の一点を指差した。

「この辺りだ。ありったけの火薬を仕掛ける算段と見えたぞ。火薬は大きな木箱に三つもあった」

濱島の顔色が変わる。火薬による破壊力も素早く暗算で計算した。

「利根川の堤を根こそぎ吹き飛ばすことができましょう！」

荒海ノ三右衛門が子分たちに向かって叫んだ。

「野郎ども、話は心得たなッ？　悪党退治だッ」

子分たちが「おう！」と叫んで拳を突き上げた。

沢田彦太郎も下知《げち》を飛ばす。

「よく聞けッ、悪党どもを密かに取り囲み、一網打尽にする！　松明も提灯も掲げるなッ。真っ暗闇だが案ずることはない。土地の者を案内に立たせるッ。土地の者の後ろについて行くのだッ。決して物音は立てるな！」

「手前が案内いたします」

名主の銀兵衛自らが買って出た。

「お初……無事でいてくれればいいが……」

居ても立ってもいられぬ心地なのだろう。源之丞は銀兵衛に声をかけた。

「案ずるな。銀八が策を巡らせて、お初には指一本触れさせないようにしてある」

「銀八が……頼りになる甥だ。早く助けに行きましょう……！」

荒海ノ三右衛門が大きく頷いた。

「ようし、出立でぃ！」

子分たちに檄《げき》を飛ばす。

「今度の喧嘩にゃあ、お江戸の行く末がかかってるぜ！　天下分け目の大喧嘩だぞッ、野郎どもッ、ぬかるんじゃねぇぞ！」

「おうッ」

子分たちも発奮した。

＊

火薬の箱を載せた最後の荷車が隠れ家の前を離れた。利根川の土手を目指して引かれていく。車軸の軋む音が遠ざかっていった。

隠れ家の前の広場が静まり返る。銀八は用心深く左右に目を向けながら、物陰から這い出した。

おっかなびっくり、足をもつれさせながら隠れ家へと向かう。破れ障子《や》の戸を開けて中に入った。

柱に卯之吉とお初が縛りつけられている。口には猿ぐつわをされていた。

「今、助けるでげすよ」

卯之吉の猿ぐつわを外す。卯之吉は「プハッ」と息をついた。直後、場所柄も弁《わきま》えずに笑いだした。

「なんだいお前、その眼帯は。ああ可笑しい」

「こんな時に笑っていられるのは若旦那だけでげすよ」

卯之吉の縄を解く。続いてお初の猿ぐつわを外して、縄を解いた。

「銀八兄さん！」

お初が抱きついてきた。銀八は優しくその髪を撫でる。

「恐かっただろう」

「銀八兄さんが守ってくれてるんだもの。恐くなんかないよ」

「お初！」

抱きしめようとしたその瞬間であった。隠れ家に曲者が入ってきた。

「なんだ、お前たちは」

隻眼の浪人、黒淵だ。銀八に顔を向けて目を怒らせた。

「それはわしの眼帯！」

銀八はたちまちにして腰を抜かす。

「あっ、お、お借りしているでげす。すぐにお返しを……」

眼帯を外すと、黒淵はさらに怒りをたぎらせた。

「うぬっ？　貴様はッ、八巻の手先の銀八だなッ！」

いきなり殺意を沸騰させた。腰の刀をブウンッと抜いた。

「さすがは八巻の手先。江戸で評判の目明かしよ！　よくぞこの隠れ家を見つけ出して乗り込んで参ったな！　だが、その度胸が命取りだ。ここが貴様の墓場と知れッ」

ドーンと踏み出して斬りつけてくる。

「ひえぇっ」

銀八は尻餅をついた。その勢いのまま真後ろに転がった。

必殺の斬撃がブウンッと空振りする。黒淵は「むむっ？」と唸った。

剣客が相手の斬り合いでは、いきなり腰を抜かす相手とは戦ったことがない。

予想外の動きに剣の間合いが乱れてしまった。

「おのれッ、奇妙な武芸を使いおって！」

銀八は立ち上がって（違う違う）と両手を振った。しかし黒淵は勘違いをする。

「その構え、さては柔術の使い手か！　さすがは八巻の手下よ！　面白い、貴様の柔術とわしの剣術、どちらが強いか試してやろうぞッ」

銀八のことを〝腕利きの目明かし〟だと信じきっている。刀を振るって斬りつける。刀が振られるたびに銀八は無様に転げ回った。

しかしそのせいでやっぱり斬れない。隻眼のせいで距離感がうまく摑めない。

銀八の滑稽な動きに、結果として、翻弄《ほんろう》された。

だが、しょせんは素人と玄人の戦いだ。銀八は壁に追い込まれた。

固い壁に背中をドンッと打ちつける。黒淵は不気味な笑みを浮かべた。

「もはや、逃げ場はないぞ」

刀を振り上げた。銀八はギュッと目を閉じて斬られることを覚悟した。

その瞬間、障子戸を蹴破って女武芸者が飛び込んできた。銀八は歓喜の悲鳴をあげる。

「美鈴さん！」

美鈴はサッと周囲に目を走らせて状況を把握する。刀を抜いて卯之吉とお初を背後に庇《かば》った。

「新手《あらて》かッ」

黒淵が飛び退いて美鈴に対する。その隙に銀八はササッと逃げた。卯之吉とお初に駆け寄った。

「ここは美鈴様にお任せして、あっしたちは逃げましょう……」

二人を促して小屋の外へと逃れ出る。美鈴一人が小屋の中に取り残された。

美鈴は刀の切っ先を黒淵に突きつけた。黒淵も油断なく身構える。草鞋の底をジリッと滑らせて美鈴に向き直った。

「貴様も八巻の手先の一人か。ならば参るぞ！」

スルスルッと踏み出してきた。一気に間合いを詰めると凄まじい斬撃を放ってくる。

「キエエーーーッ！！」

奇声が放たれる。凶剣が銀色の円弧を描いて美鈴を襲う。刀身の一撃に全体重がのっている。

美鈴は避けようとはしなかった。むしろ力強く踏み込む。敵の懐に飛び込んで刀を合わせた。敵の斬撃を刀の鍔元で受けたのだ。

ガッチリと食い止める。食い止められた黒淵は驚愕した。

「俺の斬撃を……小娘が受け止めただとッ？」

瞬時に二人は離れる。美鈴は鋭い突きを放った。切っ先が黒淵の腕を突いた。

美鈴が刀を引くと突いた傷口から血が噴き出した。

「おのれッ」

黒淵は動揺する。力任せに刀を振るう。美鈴は身を低くして素早く動く。敵の斬撃の下をくぐり抜けた。黒淵の背後にスッと立つ。

黒淵は慌てて振り返った。美鈴の動きに翻弄されている。

「くそうッ」

焦って繰り出した刀が小屋の柱に当たった。ズカッと深く食い込んだ。黒淵は引き抜こうとしたが、食い込みすぎて刀が抜けない。

「ヤアッ！」

美鈴は身を低くさせ、黒淵の懐に飛び込んだ。拳の一撃を相手の脇腹に叩き込む。

肝臓を強打された黒淵が呻いた。白目を剝いて倒れ込んだ。

美鈴は大きく息を吐いた。小屋の隅に荒縄が落ちているのを見つけて、黒淵の身体を柱に縛りつけた。

＊

火薬の木箱を積んだ荷車の列が闇の中を進んでいく。

火薬師の辰次は懐から地図を出して確認した。

「よぅし、ここだぜ！　野郎ども、火薬を仕掛けるぞ」

悪党たちが「へぇい」と答えて荷車を停めた。木箱を下ろし始めた。蓋を開け、油紙に包んで小分けにされた火薬を取り出した。

辰次は火薬の包みを手に取って確認する。続いて長い火縄を束ねた物を箱の中から取り出した。

「小分けにしたたくさんの火薬を一時に破裂させるには、それぞれの包みを繋ぐ火縄の長さを工夫してやらなきゃならねぇのよ」

闇夜の中の作業だ。松明や提灯の火は遠ざけておかねばならない。火薬のすべてを仕掛け終えるには時間がかかりそうだ。

その時、大慌てでその場に駆けつけてきた者がいた。一味の悪党の一人だ。

「大《て》ぇ変《へん》だッ。捕り方が押し寄せて来やがるッ」

「なんだとッ」

辰次は目を剝く。立ち上がって周囲に目を凝らした。

真っ暗な関東平野が広がっている。利根川の堤のてっぺんからは周囲の様子がよく見えた。辺りの葦原《あしはら》が不自然にザワザワと蠢《うごめ》いていた。

沢田彦太郎は闇に目を凝らした。堤の上で蠢く曲者たちの姿を認めた。

「いたぞ、あいつらだ！　よぅし皆、気づかれぬように身を低くして進めッ。取り囲むのだ！」

荒海一家の子分衆が草葉に隠れながら進む。長大な刀を担いだ源之丞の姿もあった。

その源之丞が由利之丞に注意する。

「おい馬鹿ッ、突っ立ってるんじゃねぇ！」

迂闊《うかつ》な由利之丞が、野原の中に一人だけ、野放図《のほうず》に立っている。黒巻羽織と朱房の十手の同心姿だ。

「えっ、なんだい？」

由利之丞は不注意で迂闊《うかつ》な男だ。なぜ叱られたのか、わかっていない。

堤の上で辰次も目を凝らしている。そして一人の男を目撃した。その男だけは、いっさい身を潜めようとせずに堂々と姿を晒《さら》していた。

「あいつが南町の八巻かッ」

噂どおりの堂々たる振る舞いだ。辰次は腰を抜かしそうになった。急いで戻る。

「八巻だッ！　捕り方を率いて来やがった……！」

悪党たちも一斉に動揺し始める。

「どうやって、オイラたちの悪事を見抜いたって言うんだいッ」

銀八はヘトヘトになりながら、闇の中を逃げまどった。

卯之吉が後ろをついてくる。

「銀八、銀兵衛さんのお屋敷はどこだい」

「わからねぇでげす」

卯之吉とお初を安全な場所に逃がさなければならない。しかし一面の闇。月明かりもない。筑波山や日光の山が見えれば方角がわかるが、何も見えない。

卯之吉が彼方を指差して呑気な声をあげた。

「あそこに人が集まっているよ。道を聞こうじゃないか」

スタスタと歩いていく。銀八は慌てた。

「若旦那ッ、待つでげすッ」

呼び止めようとしたところで銀八は足を滑らせて転んだ。「あいたた」とぶつけて痛む膝を押さえて悶《もだ》えている間にも、卯之吉は悠々と進んでいった。

「八巻だ、八巻が来やがったッ」

辰次は慌てふためく。世直し衆の一人、ドジョウ髭の浪人、赤岩が駆けつけてきた。彼方の人影を凝視する。

「違うッ、あヤツは八巻ではないぞッ」

この男は江戸で暗躍する悪党で、卯之吉の顔を知っている。

辰次が赤岩を問い詰める。

「なんだって！　じゃあ、本物の八巻はどこにいるッて言うんだっ」

その時だった。うろたえる悪党の只中に、唐突に若旦那が踏み込んできた。

「おやおや。あなたたちでしたか。これはまずい所へ顔を出してしまったようだね。アハハハ！」

悪党たちがギョッとなる。辰次が吠えた。

「三国屋の放蕩息子じゃねぇかッ、どうして手前ぇがここにいやがるッ」

赤岩が仰天した。

「貴様はッ、南町の……八巻ッ！」

辰次と悪党たちも驚愕した。

「なにィ、コイツが本物の八巻だとッ」

卯之吉は楽しそうに笑った。

「おやおや。あたしの顔を御存知でしたか。それは困りましたねぇ」

辰次は長脇差《ながわきざし》を引き抜いた。刀身を卯之吉に向ける。

「つ、つまり、商家の若旦那なんぞに変装して、俺たちの隠れ家に乗り込んで来やがったのかッ！　なんて豪胆な野郎だいッ」

卯之吉はまったく聞いていない。設置された火薬に歩み寄り、導火線などを興味津々に検めている。

「なるほどなるほど。これで堤を吹き飛ばそうっていうんだね」

傍若無人《ぼうじゃくぶじん》の振る舞いだ。〝常識人の悪党〟たちの目には不可解を通り越して恐怖であった。

赤岩は辰次に向かって叫んだ。

「お前の策は、すべて露顕してしまったぞッ」

堤の下から「ワアッ」と歓声が聞こえた。

「八巻の旦那だッ！」

堤の土手を荒海ノ三右衛門が駆け上ってくる。三右衛門も卯之吉の姿を確認したのだ。そして感心しきった表情を浮かべた。

「さすがは旦那だァ！　たったお一人で探索を進めて、大胆にも敵の本丸に乗り込むたぁ……、まったくてぇしたもんだ！」

続けて悪党たちに向かって啖呵を切る。

「手前ぇらの悪事なんざ、八巻の旦那はすっかりお見通しなんでぃ！　旦那の眼《がん》力《りき》から逃げることたぁできねぇぞッ！」

腰の長脇差をぶっこ抜く。

「神妙にお縄を頂戴しやがれッ！」

しかし悪党たちも札付きの凶賊揃いだ。ここで畏れ入ったりはしない。辰次が吠える。

「畜生！　やっちまえ！」

悪党たちは刀を抜いた。総勢で二十人を超える。二十本もの凶刃がギラリと殺気を放った。

三右衛門は歯を剝き出しにして、凄まじい形相で笑った。

「おもしれぇ！」

臆することなく踏み出して長脇差を振るう。右から左から斬りつけられる刀を打ち払いつつ辰次に迫った。

「手前ぇが頭目だなッ」

辰次を目掛けて斬りかかった。

辰次も刀で受ける。どちらも本性はヤクザ者。侠客同士の激突だ。ガッチリと刀で組み合い、鼻息を荒くさせながら圧《お》しあった。

土手の下では沢田彦太郎が指揮十手を振り下ろしている。

「かかれッ！　一人も逃がすなッ」

荒海一家の子分衆も乱入する。悪党たちと斬ったり蹴ったり殴ったりの闘争が始まった。

浪人の赤岩が刀を抜いた。荒海一家に取り囲まれても余裕の構えだ。ドジョウ髭を鼻息でフンッと揺らした。

寅三が子分たちに注意する。

「あの刀を見ろ、とんでもねぇ大ダンビラだ。まともに受けたらたまらねぇぞ」

赤岩の刀は分厚く作られていた。並の刀の二倍の重量がありそうだ。赤岩自身の両腕も鍛え上げられている。まるで丸太のように太い。

それでも一家の子分衆は怖いもの知らずに突っかかっていく。

「ヌウンッ！」

赤岩が凄まじい斬撃を放った。子分が手にしていたのは長脇差だ。短刀よりは長いが武士の刀には及ばない。瞬《また》く間に叩き折られてしまう。子分は悲鳴をあげて後退った。

寅三は悔しさに歯噛みした。咄嗟に打つ手が思いつかない。

そこへ源之丞が割って入った。

「俺が相手だ」

肩に担いだ長刀の鞘を払う。こちらも常識はずれの大きさだった。

「面白い！」

赤岩が剛刀を振り下ろす。源之丞は長刀でガッチリと受けた。互いに強く踏み出しての力比べだ。目と目で睨み合い、気合をぶつけあった。

「ヌウンッ！」

赤岩が距離を離しながら横殴りに太刀を振るう。源之丞も真後ろに跳んで斬撃をかわした。着地と同時に踏み出して斬りかかった。

今度は赤岩が刀で受ける。凄まじい金属音と火花が飛び散る。

剣の腕前も、力比べでも互角。勝負がつかない。

そう思った源之丞は相手の脛《すね》を強く蹴った。足を蹴り払われた赤岩がガクッと体勢を崩す。その瞬間に斬りかかった。十分には斬れなかったが、赤岩の肩の辺りの着物が裂ける。血が噴き出した。

赤岩は真後ろに飛び退く。

「お、おのれッ、卑怯《ひきよう》な！」

「悪党に卑怯者呼ばわりされる覚えはねぇ！」

足を踏み替えると矢継ぎ早の斬撃を放つ。コマの回転のように身を翻《ひるがえ》しながら斬りかかった。

赤岩は必死に撃ち返す。防戦一方だ。源之丞は嵩《かさ》にかかって攻める。長刀を下段に構えて地面につくほど切っ先を落とした。そこから斜めに斬り上げる。長刀ならではの攻撃で赤岩の脛を切った。

たまらず赤岩が倒れる。それでも刀を構えようとしたところへ源之丞の一撃が襲う。上から叩かれた刀は赤岩の手を離れて地面に落ちた。

寅三が吠えた。

「今だッ、取り押さえろッ」

一家の子分が躍りかかって赤岩を押さえつけた。

「やったでげすよ、若旦那ッ」

銀八が歓喜して卯之吉を揺さぶる。

しかし卯之吉は微動だにしない。返事もない。「あっ」と思って見上げると、卯之吉はすっかり失神していた。

三右衛門が子分たちに下知を飛ばしている。

「オイラたちの戦いぶりを旦那がご覧になってるぞッ。野郎ども、気を入れて励みやがれッ」

子分たちは「おう！」と答えて奮戦する。卯之吉が気を失っていることに気づいている者は一人もいない。

今や、お初までもが誤解しきっている。

「八巻様は、噂通りの、すごい同心様だ」

悪党を追い詰めたのも、この捕り物も、すべて八巻の目論見通りだった、と、思い違いをしていることは明らかだった。

（ああ、なんと説明したらいいんでげすか）

銀八が思い悩んだその瞬間であった。利根川の堤の上で火薬が破裂した。爆風がもろに吹きつけてくる。銀八は吹き飛ばされて尻餅をついた。

「何事だッ」

沢田彦太郎が喚《わめ》いている。

堤の上で辰次が笑い声を上げていた。

「手前ぇら全員、この火薬で吹っ飛ばしてやるッ」

片手に火薬の包みを持ち、もう一方の手に懐炉《かいろ》の火縄を掲げていた。

辰次もあちこち殴られて血まみれである。もはや捕縛《ほばく》は時間の問題。だから辰次は開き直った。破れかぶれだ。

「い、いかんッ、皆、下がれッ」

沢田彦太郎が叫んだ。荒海一家も火薬を恐れて後退《あとずさ》る。包囲の輪がサーッと広がった。

三右衛門が怒鳴りつける。

「やい悪党、手前ぇは取り囲まれてるんだ！　逃げられるとでも思ってるのかッ。いい加減に観念しやがれッ」

辰次はケタケタと笑っている。

「抜かしやがれッ。手前ぇこそ火薬に勝てると思ってるのかッ。吹っ飛ばされたくなかったら道をあけろッ」

火縄に火を着けると火薬の包みを放り投げた。子分衆と捕り方たちが必死に逃げる。直後、火柱がまた上った。三右衛門たちが立つ地面まで大きく揺れた。

沢田彦太郎は焦りを隠せない。

「いかんぞ！　このままでは我らは爆死だ！　それのみか、利根川の堤まで崩れてしまうッ」

彼らが立っている場所はまさに堤の上なのだ。火薬に吹き飛ばされて死ぬか、決壊の濁流《だくりゅう》に呑まれて死ぬか、どちらにしても命はない。

辰次は木箱の中からさらに包みを摑みだす。火縄に火を着けるような素振りを見せて脅しにかかる。

「ほぅらほぅら。どうしたッ。さっさと道をあけろッ」

沢田は大汗を滴《したた》らせながら説得しようとした。

「お前も、とうてい助からぬぞッ。馬鹿な真似はよせッ」

辰次は完全に正気を失った顔つきで笑い続けている。

「捕まったら最後、どうせオイラは獄門台送りだ！　命なんか惜しくねぇッ。手前ぇらを地獄の道連れにしてやらぁ！」

まさに火を着けようとしたその時、辰次の背後に銀八が姿を現した。

こん棒を振り下ろして辰次の後頭部を一撃する。

「ぎゃあっ」

辰次はたちまち意識を遠のかせ、クタクタとその場に腰から崩れ落ちた。

銀八は懐炉を遠くへ蹴り飛ばした。源之丞が歓声をあげる。

「銀八、よくやった！」

銀八の顔は真っ青だ。冷や汗をだらだらと垂らしている。

お初に目を向ける。お初は無事だ。銀八はお初を守ろうと必死だったのだ。

三右衛門が走り寄ってきた。

「さすがは俺たちの銀八親分だぜ！」

辰次に縄を掛けていく。

沢田彦太郎がここぞとばかりに叫んだ。

「今じゃ！　全員ひっ捕らえよ！」

捕り方と子分衆が威勢を取り戻し、雄叫《おたけ》びを上げて悪党たちに襲いかかる。

次々と縄をかけていった。

土手に仕掛けられていた火薬は、捕り方と荒海一家の手で回収されて木箱に戻された。

辰次は荷車の車輪に縛りつけられている。不貞腐れた顔つきだ。地べたに両脚を投げ出していた。

沢田彦太郎が尋問する。

「お前が運んできた火薬の量はいかほどであるか」

辰次は「フン」と横を向く。沢田はその襟首を摑んで絞り上げた。

「答えよッ」

辰次はようやく観念したのか、吐き捨てるように答えた。

「木箱が三つ、その中に、火薬の包みが十個ずつだぜ」

沢田は箱の中身をかき回しながら数える。

「二つ爆発したから、二十八あるはずだ。……ない！　三つ足りぬぞッ。どこへやったッ」

辰次は横を向いた。

「知るもんかィ。よく探してみろ！」

十二

闇の中を一人の男が黙々と歩んでいる。

利根川から溢れた水が低地を流れている。ここも田圃だったのだが今ではまるで川底のようだ。それでも男は意に介することなく、水を踏み分けて進んでいった。

　やがて男の目の前に高い土手が出現した。男は土手を調べると、背負ってきた荷を下ろし、油紙に包まれた何かを取り出した。

「それは火薬ですか」

　ふいに声を掛けられた。男は振り返った。

　闇の中に美鈴が立っている。鋭い目で男を睨みつけていた。

　男は大きく息をついた。

「追《つ》けてきたのですか。まったく気づかなかった」

　美鈴は油断なく身構えつつ、重ねて問う。

「尋ねているのはわたしです、濱島様。それは火薬ですか。捕り物の騒動に紛れて、悪党が仕掛けた火薬を拾い上げてきたのではありませんか」

「その通りです」

「なんのために！　あなたも悪事の一味なのですかッ」

　濱島は首を横に振った。

「利根川の堤を崩し、人々を苦しめんとする悪党の一味か、と問われれば、答えは『否』です」

「ならば、どうして火薬を盗み、そこに仕掛けようとしているのです」

「公領の民を救うためです」

濱島はきっぱりと答えた。そして早口で続ける。

「この土手の向う側には新田が広がっている。わたしは火薬で土手を破壊し、公領に溢れる水を新田に流し込む。かつて湖だった新田を元の湖に戻すことで、田畑と村々を水害から救うのだ！」

濱島は懐炉を摑みだした。

「この懐炉には火種が入っている。今から火を着ける！」

懐炉の蓋を開けると、火縄の端に近づけようとした。

美鈴は叫んだ。

「おやめなさいッ」

「なぜ、わたしをとめるのです！　人助けをせよとお諭《さと》しになったのは母上ではないかッ」

火縄に火がついた。硝石を染み込ませた火縄は濡れた土の上でも勢い良く燃える。火薬に火が近づいていく。

美鈴は駆け寄って踏み消そうとした。

「新田を勝手に潰しなどして、その責めは誰が負うのです！」

それを聞いた濱島は、突然、憤怒の形相となった。

「誰が責任を負うか、だの、将軍家の面目がどうなるか、だの、そんなことはどうでも良いッ。世には助けを求める人がいる！　救うことができるのはわたしだけだッ」

濱島は腰の刀を抜いた。

「たとえあなたでも、邪魔はさせぬッ！」

もちろん濱島はただの学者だ。美鈴の敵ではない。

美鈴は刀を抜くこともなく柔術の構えを取った。濱島の刀を奪って当て身を食らわせることぐらい雑作《ぞうさ》もない。そのはずだった。

それでも美鈴は焦りを隠せない。火縄はどんどん燃えて短くなっていく。

（早く踏み消さねば……！）

消すのが先か、それとも濱島を気絶させるほうが先か、一瞬、迷った。

意を決した美鈴は濱島に突進した。濱島が斬りつけてくる。その腕を摑み、ひねりながら投げ飛ばした。

「ヤアッ！」

気合もろとも放った技で濱島の身体が宙を飛ぶ。背中から地面に叩きつけられた。

美鈴は急いで火縄に駆け寄って踏みにじった。ジュウッと音がして火が消える。

ホッと安堵したのも束《つか》の間《ま》、離れたところに、もう一本の火縄が火薬の袋に向かって伸びていることに気づいた。火はもうすぐ火薬に達しようとしていた。

（間に合わない！）

逃げなければ。美鈴は濱島を抱き起こした。

「走って！」

濱島を抱きかかえながら低地に向かって一緒に走る。その直後、背後で火薬が大爆発した。

美鈴は空中に放り出された。視界は炎に包まれている。凄まじい熱を感じた。

美鈴は両腕で濱島を抱きしめ、庇いながら地面に叩きつけられた。

「は、母上ッ」

濱島が叫んでいる。続けざまに爆発音がした。美鈴は完全に気を失った。

＊

翌朝。公領の田畑の道を卯之吉が走っている。この男にしては珍しいほどに焦っていた。

周囲では農民たちが歓声を上げている。

「水が引いて行くぞ！」

「村は助かっただ！」

道は田畑から一段高く盛られた土の上を延びている。卯之吉の目にも公領の景色が一望できた。

利根川から溢れ出た水は新田へと流れ込んでいる。新田はかつての湖沼に戻ってしまった。だが、古くからある村と田畑はいくらか救われた。

源之丞も走ってきた。手には塗笠を持っている。

「美鈴の笠だ。爆発があったあたりに落ちていた」

卯之吉は笠を受け取った。

「濱島の後を追って行く美鈴の姿を荒海一家の子分が見ていたそうだ。新田の土手を爆破したのは、濱島であろう」

「ここを崩せば公領の水を導くことができる、と言ったのは濱島先生ですからね。先生が盗んだ火薬を爆発させたのに相違ないね」

「それを止めようとした美鈴も一緒に吹き飛んで……いやあ、そんな話は信じたくない！」

「だけど……、美鈴さんのお姿を見たお人は、昨夜《ゆうべ》から一人もいないんだよ」

卯之吉は新田に向かって流れる水を、茫然と見守っている。水は轟音を立てて流れ、新田の低地を満たそうとしていた。

＊

銀兵衛の屋敷の広間には、昨夜の捕り物に加わった男たちが集められていた。皆、少なからず怪我を負っている。晒《さらし》を巻いたり添え木を当てるなどの治療が行われていた。

「あいたたた！」

銀八が上半身裸で座っている。怪我をした腕には甲斐甲斐しく、お初が晒を巻いていた。

「江戸の目明かしの大親分なのに、これっぱかしの傷で悲鳴をあげるなんて、へんな銀八兄さん！」

「それを言ってくれるなよ。痛《いて》ぇもんは痛ぇのさ」

銀八とお初は目を合わせて微笑み交わした。銀八の鼻の下が長く伸びた。

（オイラにも、ようやく春が巡ってきたんでげすなぁ）

これから始まる江戸での夫婦暮らしに思いを馳せる。自然と頬は弛《ゆる》みっぱなしだ。

そこへ銀兵衛がやって来た。孫娘に声をかける。

「お初や、直治郎《なおじろう》さんが来たよ」

お初の全身がピクンッと跳ねた。

「直治郎さんがッ？」

台所の戸口に旅姿の若者が立っている。田舎には珍しい色男だ。

お初は銀八を蹴り転がして直治郎に駆け寄った。裸足で地べたに降りて抱きつく。

「直治郎さんッ、オラ、恐い目に遭ったの！　本当に恐かった！」

直治郎は長い睫毛《まつげ》を伏せて優しくお初を抱きしめる。

「オイラが来たからには、もう大丈夫さ」

銀八は目を丸くして若い二人の抱擁《ほうよう》を見つめる。言葉もない。

二人は甘い囁きを続ける。

「お前ぇをここにゃあ置いて行けねぇ。一緒に江戸に行こうじゃないか」

「約束どおりに所帯を持ってくれるんだね！」

「おうよ。お前ェを離しやしねぇぞ」

「江戸でオラの身許《みもと》を引き受けてくれるお人が見つかったんだ。父さんのいとこの、銀八兄さん」

「そりゃあ良かった。身許引受人がいねぇことには、物騒な今のお江戸じゃ長屋も借りられねぇからな。これで晴れて一緒に暮らせるぜ」

「嬉しい！」

銀兵衛が銀八に擦り寄ってきた。

「お初がどうしても江戸で所帯を持ちたいって言うのでねぇ……そういうことだから銀八、お初を頼むよ」

（オイラと所帯を持たせるって話じゃなかったんでげすか！）

自分もまた、大きな誤解をしていたらしい。銀八はガックリと首を垂れてしまった。

公領が水害から救われた、という吉報は、すぐに江戸にも届いた。

尾張徳川家の江戸屋敷にも報せが届く。老中の甘利が書状にしたためて届けてきたのだ。

＊

その書状を坂井主計頭は憎々しげに握りつぶした。

「しくじったか……。公領は救われ、甘利が面目を施したッ」

坂井の前には覆面をつけた曲者が平伏している。世直し衆の一人だ。その男が答えた。

「甘利様の一計により、南町の内与力と三国屋の小判が公領に送られ申した。内与力の活躍と三国屋の財力で公領は救われたと、もっぱらの評判にございまする。上様もご機嫌を直したに相違ございませぬ」

「我らが甘利の評判を上げてやったようなものではないかッ」

坂井は歯ぎしりする。

「濱島与右衛門も行方しれずとなったッ。いかにせんッ」

すると曲者は落ち着いた物腰で答えた。

「濱島がいなくなったといえども、我ら世直し衆は健在にござる。坂井様のご下命の許《もと》、江戸を悩ます悪行を続けてまいる所存」

曲者は顔を隠した頭巾と覆面を外した。

「これより先は拙者が世直し衆を率いまする。北町奉行所筆頭同心、笹月文吾《ささづきぶんご》にお任せあれ」

決然たる目を坂井に向ける。

坂井は無言で見つめ返した。そして「よかろう」と頷いた。

「手始めに付け火をいたせ。江戸の町を焼いて見せよ。付け火を取り締まるはずの同心が付け火をするのだ。雑作もあるまい？」

「拙者の指図で捕り方たちをあらぬ方角へ走らせ、その隙に世直し衆を逃がしまする。……いつもどおりの手筈《てはず》。抜かりはございませぬ」

坂井は少しだけ機嫌を直して薄笑いを浮かべた。

「頼りにしておるぞ」

「有り難きお言葉」

北町奉行所筆頭同心、笹月文吾は、平伏してから静かに部屋を出て行った。

この作品は双葉文庫のために書き下ろされました。